FORÇAS OPOSTAS

uma ficção biográfica de O Vidente

FORÇAS OPOSTAS

uma ficção biográfica de **O Vidente**

1ª edição
São Paulo
Editora Pandorga
2021

Copyright © O Vidente, 2021
Todos os direitos reservados
Copyright © 2021 by Editora Pandorga

Direção Editorial
Silva Vasconcelos
Produção Editorial
Augusto Magno
Revisão
Ana Paula
Diagramação
Elis Nunes
Composição de capa
Lumiar Design

Texto de acordo com as normas do Novo Acordo Ortográfico da Língua Portuguesa

Dados Internacionais de Catalogação na Publicação (CIP) de acordo com ISBD

---

011   O Vidente

           Forças Opostas / O Vidente - Cotia, SP - Pandorga, 2020.   :

           248 p. ; 16cm x 23cm.

           ISBN: 978-65-5579-004-7

           1. Literatura brasileira. 2. Ficção. 3. Fé. 4. Gruta. 5. Montanha. 6. Sagrada. 7. Viagem no tempo. I. Título.

                                                CDD 869.8992
2020-468   CDU 821.134.3(81)

Elaborado por Vagner Rodolfo da Silva - CRB-8/9410

Índice para catálogo sistemático:
1. Literatura brasileira : Ficção 869.8992
2. Literatura brasileira : Ficção 821.134.3(81)

2021
IMPRESSO NO BRASIL
PRINTED IN BRASIL
DIREITOS CEDIDOS PARA EDIÇÃO À EDITORA PANDORGA
RODOVIA RAPOSO TAVARES, KM 22.
CEP: 06709-015 - LAGEADINHO - COTIA – SP
TEL. (11) 4612-6404
www.editorapandorga.com.br

SUMÁRIO

Dedicatória 8
Introdução 9
Uma nova era 11
Preparativos 12
A Montanha Sagrada 14
A cabana 19
O primeiro desafio 21
O segundo desafio 23
O fantasma da montanha 25
O dia D 28
A jovem 31
O tremor 36
Um dia antes do último desafio 38
O terceiro desafio 40
A gruta do desespero 42
O milagre 49
A saída da gruta 51
O reencontro com a guardiã 55
A despedida da montanha 57
A viagem no tempo 59
Onde estou? 61
Primeiras impressões 63
O hotel 65
O jantar 68
Um passeio pela vila 71
O castelo negro 75
As ruínas da capela 78
A ordem 80
Reunião de moradores 82
Conversa decisiva 84
Visão 86
O início 88
A Ferrovia 89
Mudança 90

A chegada ao bangalô 92
Audiência com o prefeito 93
Reunião de fazendeiros 98
Volta para casa 100
O anúncio 102
O primeiro dia de trabalho 104
O piquenique 109
A descida da montanha 120
Os desmandos do major 124
Missa 127
Reflexões 130
O sucavão 132
A feira 135
O caso da vaca 138
A prensa 140
Recado 141
Encontro 143
Confissão 146
Fofoca 148
Viagem a Recife 150
Volta ao interior 156
Casamento arranjado 158
Visita 161
Surra 165
A prima de Gerusa 168
A "bênção" 171
Fenômenos 174
Uma nova amiga 176
Um dia antes do casamento 178
Tragédia 180
A nuvem negra 183
Os mártires 184
Fim da visão 185
Depoimento 187
Volta ao hotel 190
A ideia 192
A figura do major 195
O trabalho 198

O primeiro encontro com Christine 199
Retorno ao castelo 202
O recado II 204
Ida ao Climério 205
Decisão 209
A experiência no deserto 211
Os adoradores das trevas 216
A experiência da possessão 218
A prisão 220
Diálogo 222
A visita de Renato 224
O terceiro encontro com Christine 226
A invocação do anjo 229
A batalha final 231
O desmoronamento das estruturas vigentes 234
Conversa com o major 236
Despedida 238
A volta 241
Em casa 244
Epílogo 247

DEDICATÓRIA

Em primeiro lugar, ao Deus criador para o qual tudo vive. Aos meus mestres da vida que sempre me orientaram; aos meus familiares, que sempre estão comigo e a todos aqueles que ainda não conseguiram reunir as "forças opostas de sua vida".

"O Reino dos céus é como um homem que semeou boa semente no campo. Uma noite quando todos dormiam, veio o inimigo dele, semeou joio no meio do trigo, e foi embora. Quando o trigo cresceu, e as espigas começaram a se formar, apareceu também o joio. Os empregados foram procurar o dono, e lhe disseram: Senhor, não semeaste boa semente no teu campo? Donde veio então o joio? O dono respondeu: Foi algum inimigo que fez isso. Os empregados lhe perguntaram: Queres que arranquemos o joio? O dono respondeu: Não. Pode acontecer que, arrancando o joio, vocês arranquem também o trigo. Deixem crescer um e outro até a colheita. E no tempo da colheita direi aos ceifadores: Arranquem primeiro o joio, e o amarrem em feixes para ser queimado. Depois recolham o trigo no meu celeiro" (Mateus 13,24-30).

INTRODUÇÃO

Forças opostas se apresenta como uma das alternativas para superarmos a grande dualidade existente em cada um de nós. Quantas vezes, na vida, não nos deparamos com situações em que duas alternativas apresentam pontos favoráveis e desfavoráveis e escolher uma torna-se um verdadeiro martírio? Devemos aprender a refletir e a nos questionarmos sobre o verdadeiro caminho a seguir e as consequências advindas dessa escolha. Enfim, precisamos reunir as "forças opostas" de nossas vidas e fazê-las produzir frutos. Assim, poderemos alcançar a tão almejada felicidade.

Quanto ao livro, podemos dizer que ele surgiu a partir dum grito que escutei na Gruta do Desespero. Esse grito foi a causa de todas as aventuras narradas no livro.

Com a missão cumprida, espero ter alcançado o meu maior objetivo, que é fazer sonhar nem que seja uma só pessoa. É isso o que se propõe, ainda mais porque vivemos em um mundo cheio de violência, crueldade e injustiça. As "forças opostas" nunca mais serão as mesmas depois da publicação do livro e não vejo a hora de iniciar uma nova aventura juntamente com os leitores que se propuserem a tal.

O autor

UMA NOVA ERA

Após uma tentativa malsucedida de publicar um livro, senti minhas forças restaurando-se e revigorando-se. Afinal, acredito no meu talento e tenho fé de que vou realizar meus sonhos. Aprendi que tudo tem o tempo certo e acredito estar suficientemente maduro para realizar meus objetivos. Devo me lembrar sempre que quando a gente quer muito um objetivo o mundo conspira para que ele aconteça. É assim que me sinto, com forças renovadas. De relance, olho para as obras que há tanto tempo tenho lido e com certeza enriqueceram a minha cultura e o meu saber. O livro traduz atmosferas e universos desconhecidos para nós. Sinto que devo fazer parte dessa história, a grande história que é a literatura. Não importa que eu seja um anônimo ou um grande literato reconhecido mundialmente. O que importa é a contribuição que cada um dá a esse grande universo.

Sinto-me feliz por essa nova atitude e preparo-me para realizar uma grande viagem. Uma viagem que mudará a minha história e a de todos que, pacientemente, puderem ler este livro. Vamos juntos embarcar nessa aventura.

PREPARATIVOS

Arrumei a minha mala com os meus objetos pessoais de primeira necessidade: algumas mudas de roupa, alguns bons livros, o meu crucifixo e minha Bíblia, inseparáveis, e alguns papéis para escrever. Sinto que terei muita inspiração nessa viagem. Quem sabe não serei autor de uma história inesquecível para muitos corações. Antes de ir, porém, terei que me despedir de todos (principalmente da minha mãe). Ela é superprotetora e não me deixará ir sem um bom motivo ou com promessas de que voltarei logo. Sinto que terei, um dia, que dar meu grito de liberdade e voar como um pássaro que criou asas, e ela terá que entender isso, pois eu não pertenço a ela, e sim ao universo que me acolheu sem exigir de mim nada em contrapartida. É por ele que decidi ser escritor, cumprir o meu papel e desenvolver o meu talento. Quando chegar ao fim do caminho e tiver me realizado estarei pronto para entrar em comunhão com o criador e conhecer um novo plano. Tenho certeza de que também terei um papel especial nele.

Agarrei minha mala e senti uma angústia dentro de mim. Indagações me vieram à mente e perturbaram meu coração. Como será esta viagem? O desconhecido será perigoso? Que precauções devo tomar? O que eu sabia é que seria instigante para minha carreira e eu estava disposto a realizá-la. Agarrei a minha mala (reitero) e, antes de partir, procurei meus familiares para me despedir. Minha mãe estava na sala preparando o almoço juntamente com a minha irmã. Eu me aproximei e abordei a questão crucial.

— Veem esta mala? Ela será a única companheira (além dos leitores) da viagem que estou disposto a realizar. Busco a sabedoria, o conhecimento e o prazer da minha profissão. Espero que entendam e aprovem a decisão que tomei. Venham, deem-me um abraço fraternal e seus bons votos.

— Meu filho, esqueça os seus objetivos, pois eles são impossíveis para pobres como nós. Eu já lhe disse mil vezes, você não será um ídolo ou coisa semelhante. Entenda, você não nasceu para ser um grande homem — disse minha mãe.

— Escute a nossa mãe. Ela é bastante experiente e tem toda razão. O seu sonho é impossível pois você não tem talento. Aceite sua missão, que é ser um simples professor de exatas. Você não passará disso — completou minha irmã.

— Então, não vão me abraçar? Por que vocês não acreditam no meu sucesso? Garanto a vocês que, mesmo que eu pague para realizar o meu sonho, terei sucesso, pois o grande homem é aquele que acredita em si mesmo. Farei esta viagem e descobrirei tudo o que ela me revelar. Serei feliz, pois a felicidade consiste em seguir o caminho que Deus ilumina ao nosso redor para que sejamos vencedores.

Dito isso, caminhei na direção da porta com a certeza de que seria vencedor nesta viagem. Viagem que me levará ao destino desconhecido.

A MONTANHA SAGRADA

Um tempo atrás ouvi falar de uma montanha extremamente inóspita na região de Pesqueira. Ela faz parte da Serra do Ororubá (nome indígena) onde habita o povo indígena Xukuru. Dizem que ela se tornou sagrada após a morte de um pajé misterioso de uma das tribos Xukuru. Ela é capaz de tornar qualquer desejo realidade, desde que a intenção seja pura e sincera. Este é o ponto de partida da minha viagem, cujo objetivo é tornar possível o impossível. Acreditam, leitores? Então permaneçam comigo prestando atenção na narrativa.

Seguindo a Rodovia BR-232, chegando ao município de Pesqueira e aproximadamente 24 km da sede desse município, localiza-se Mimoso, um dos seus distritos. Uma ponte moderna, recentemente edificada, dá acesso ao lugar que fica entre as serras do Mimoso e do Ororubá, banhado pelo rio Mimoso, que corre ao fundo de um vale. A Montanha Sagrada fica exatamente nesse ponto, e era para lá que iria me dirigir.

A Montanha Sagrada fica próxima ao distrito e em pouco tempo estarei no sopé dela. A minha mente vagueia por espaços e tempos distantes, imaginando situações e fenômenos desconhecidos. O que me esperava ao galgar totalmente a montanha? Certamente seriam experiências revigorantes e instigantes. A montanha é baixa (700 m) e, a cada passo que dava, sentia-me mais confiante e expectante também.

Veio à memória lembranças de experiências vividas intensamente nesses meus vinte e seis anos. Nesse breve período, ocorreram situações fantásticas que me fizeram crer que eu era especial. Gradativamente, poderei repartir essas reminiscências com vocês, leitores, sem culpa. Porém, este não é o momento. Continuei subindo as veredas da montanha em busca de realizar todos os meus desejos. Era o que eu esperava e, pela primeira vez, senti-me cansado. Devia ter percorrido a metade do percurso.

Não senti o cansaço físico, mas principalmente o mental, por suportar estranhas vozes me pedindo para eu voltar atrás. Elas insistiam muito. Porém, não me dei por vencido facilmente. Queria chegar ao topo da montanha por mais que isso me custasse. A montanha respirava, para mim, ares de transformação que são emanados para aqueles que acreditam em seu aspecto sacramental. Quando chegar lá, acho que saberei exatamente o que fazer para chegar ao caminho que me conduzirá à viagem tão esperada. Eu permanecerei em minha fé e meus objetivos, pois tenho um Deus que é o Deus do impossível. Continuemos a caminhada.

Já havia percorrido três quartos do percurso total e continuava sendo perseguido pelas vozes. Quem sou eu? Para onde irei? Por que sinto que minha vida mudará radicalmente depois da experiência na montanha? Afora as vozes, parecia que estava sozinho nesse caminho. Será que outros escritores sentiram a mesma coisa ao percorrer caminhos sagrados? Acredito que meu misticismo será diferente de qualquer outro. Tenho que prosseguir, tenho que vencer e suportar todos os obstáculos. Os espinhos que ferem meu corpo são extremamente perigosos ao ser humano. Se eu sobrevivesse a essa subida, já me consideraria um vencedor.

Passo a passo, ia me aproximando do topo. Já estava a poucos metros dele. O suor que escorria sob o meu corpo parecia impregnado por sagrados aromas da montanha. Parei um pouco. Será que meus entes queridos estavam preocupados? Bem, isso não importava. Tinha que pensar em mim mesmo, naquele momento, para chegar ao topo máximo da montanha. Disso dependia o meu futuro. Alguns passos a mais e cheguei ao topo. Um vento frio soprava, vozes atormentadas me confundiam o raciocínio e eu não me sentia bem. As vozes gritavam:

— Ele conseguiu, vai ser agraciado! Será que ele é mesmo digno? Como ele conseguiu escalar toda a montanha?

Eu me senti confuso e tonto, achei que não estava bem.

Os pássaros gritavam e os raios de sol acariciavam todo o meu rosto. Onde estou? Eu me senti como se tivesse tomado um porre um dia atrás. Tentei levantar-me, mas um braço me impediu. Vi que estava ao meu lado uma senhora de meia-idade, com cabelos ruivos e pele bronzeada.

— Quem é você? O que aconteceu comigo? Meu corpo inteiro dói. Sinto minha mente confusa e vaga. Este topo é a causa de tudo isso? Acho que eu deveria ter ficado em minha casa. Meus sonhos me impeliram até aqui. Escalei vagarosamente a montanha, cheio de esperanças num futuro melhor e apontando para um auto crescimento. No entanto, praticamente não posso mover-me. Explique-me tudo isso, eu lhe imploro.

— Sou a Guardiã da Montanha. Sou o espírito da Terra que sopra de lá para cá. Fui enviada aqui, pois você venceu o desafio. Quer realizar seus sonhos? Eu o ajudarei a conseguir, filho de Deus! Você ainda tem muitos desafios a enfrentar. Eu o prepararei para tal. Não temas. O seu Deus está contigo. Descanse um pouco. Voltarei com água e alimentos para suprir suas necessidades. Enquanto isso, relaxe e medite como você sempre faz.

Dito isso, a senhora desapareceu da minha visão. Essa imagem perturbadora deixou-me mais aflito e cheio de dúvidas. Quais desafios eu teria de vencer? Em quais etapas esses desafios consistiam? O topo da montanha era realmente um lugar esplendoroso e tranquilo. Do alto, podia avistar-se toda a pequena aglomeração de casas do Mimoso. Ele representa um planalto cheio de íngremes caminhos e repletos de vegetação por todos os lados. Esse local sagrado, intocado da natureza, me ajudaria realmente a realizar meus planos? Eu me tornaria escritor ao sair dele? Só o tempo poderia responder a essas indagações.

Diante da demora da senhora, pus-me a meditar no topo da montanha. Utilizei a seguinte técnica: primeiro, deixo a mente limpa (livre de quaisquer pensamentos). Começo a entrar em sintonia com a natureza ao redor, contemplando todo o local mentalmente. A partir daí começo a entender que faço parte da própria natureza e estamos totalmente interligados, num grande ritual de comunhão. O meu silêncio também é o silêncio da mãe natureza. O meu grito também é o grito dela. Gradativamente, comecei a sentir seus desejos e aspirações, reciprocamente. Senti seu pedido de socorro pela vida e suas menções à destruição humana como desmatamento, mineração, caça e pesca excessivas, emissão de gases poluentes na atmosfera e outras atrocidades humanas. Em contrapartida, ela me escutou e me apoiou em todos os meus planos. Estávamos completamente interligados durante a meditação. Toda essa harmonia e cumplicidade deixaram-me totalmente tranquilo e concentrado em meus desejos. Até que algo mudou: senti o mesmo toque que outrora me despertara. Abri os olhos vagarosamente e percebi que estava diante da mesma senhora que se denominou a Guardiã da Montanha Sagrada.

— Vejo que entendeu o segredo da meditação. A montanha o ajudou a descobrir um pouco do seu potencial. Você crescerá muito em todos os sentidos. Eu o ajudarei nesse processo. Primeiramente, peço que vá retirar da natureza caibros, ripas, esteios e linhas para erguer sua cabana, e lenha para fazer uma fogueira. A noite já está chegando, e você precisa se proteger dos animais ferozes. A partir de amanhã, eu o ensinarei a sabedoria da mata para que você possa vencer o seu verdadeiro desafio: a Gruta do Desespero. Somente o coração puro sobrevive ao fogo de sua análise. Quer realizar seus sonhos? Então pague o preço por eles. O universo não dá nada de graça a ninguém. Somos nós que nos tornamos dignos de alcançar o sucesso. Esta é uma lição que você deve aprender, meu jovem.

— Entendo. Aprenderei tudo o que for necessário para vencer o desafio da Gruta. Não tenho ideia do que seja, mas estou confiante. Se eu venci a montanha, também vencerei a Gruta que fica em seu topo. Quando eu sair de lá, penso que estarei preparado para vencer e ter sucesso.

— Espere, não tenha tanta confiança. Você não conhece a Gruta da qual eu estou falando. Saiba que muitos guerreiros já foram provados por seu fogo e foram destruídos. A Gruta não tem pena de ninguém, nem mesmo dos sonhadores. Tenha paciência e aprenda tudo o que vou ensinar. Assim você se tornará um verdadeiro vencedor. Lembre--se: a autoconfiança ajuda desde que seja usada na medida certa.

— Compreendo. Obrigado por todos os seus conselhos. Prometo segui-los até o fim. Quando o desespero da dúvida me açoitar, eu me lembrarei deles e do Deus que me guarda sempre. Quando eu não tiver mais saída na noite escura da alma, não temerei. Vencerei a Gruta do Desespero! A Gruta da qual ninguém jamais escapou.

A senhora despediu-se amigavelmente, prometendo voltar no outro dia.

A CABANA

Um novo dia apareceu. Pássaros assobiavam e cantavam suas melodias, o vento era nordeste, e sua brisa refrescava o sol que, nessa época, é forte mesmo quando amanhece. O mês corrente era dezembro e representava para mim um dos mais belos meses por ser o início das férias escolares. Era um descanso merecido após um longo ano de dedicação aos estudos no curso de licenciatura em Matemática. O momento requeria o esquecimento de todas as integrais, derivadas e coordenadas polares. Precisava preocupar-me agora com todas as provas que a vida me desafiasse. Disso dependia o meu sonho. As minhas costas doíam, resultado de uma noite mal dormida no terreno batido que preparei. A cabana que construí com muito esforço e a fogueira que acendi me deram uma certa segurança à noite. Porém, não deixei de ouvir uivos e passos ao redor dela. Onde os meus sonhos me levaram? A um fim de mundo onde as comodidades da civilização não chegam. O que você faria, leitor? Você se arriscaria em uma viagem para realizar seus sonhos mais profundos? Continuemos a narrativa.

Envolto em pensamentos e indagações nem percebi que, ao meu lado, estava a estranha senhora que prometia me ajudar no meu caminho.

— Acordou bem?

— Se bem significa estar inteiro, sim.

— Antes de qualquer coisa, devo avisar que o solo em que você está pisando é sagrado. Portanto, não se deixe levar pela aparência ou impulsividade. Hoje é o seu primeiro desafio. Não lhe trarei mais alimentos nem água. Você irá buscá-los por conta própria. Siga seu coração em todas as situações. Você deve provar que é digno.

— Há água e alimentos nesse matagal, e eu devo pegá-los? Olha, senhora, que estou acostumado a fazer compras em supermercado. Vê esta cabana? Custou-me muito suor e ainda considero que não está segura. Por que não me concede o dom de que necessito? Creio que já provei ser digno no momento que escalei essa montanha tão íngreme.

— Procure o alimento e a água. A montanha é apenas uma etapa do seu processo de aperfeiçoamento espiritual. Você ainda não está pronto. Devo lembrar que não concedo dons. Não tenho poder para isso. Sou apenas a seta que indica o caminho. A Gruta é que realiza os desejos. É chamada Gruta do Desespero por ser procurada por aqueles cujos sonhos se tornam impossíveis.

— Vou tentar. Não tenho mais nada a perder mesmo. A Gruta é a minha última esperança de sucesso.

Dito isso, levantei-me e comecei a realizar o primeiro desafio. A senhora desapareceu como fumaça.

O PRIMEIRO DESAFIO

À *primeira vista, percebi que* na minha frente havia uma estrada de vereda batida. Comecei a andar por ela. Diante daquele matagal cheio de espinhos, o melhor seria seguir a trilha. As pedras que meus passos derrubavam pareciam querer me dizer alguma coisa. Será que estava no caminho certo? Pensei em tudo que deixei para trás em busca do meu sonho: casa, alimento, roupa lavada e meus livros de Matemática. Será que valeria a pena? Eu iria descobrir (o tempo dirá). A estranha senhora pareceu não ter me dito tudo. Por mais que eu andasse, não encontrei nada. O topo não parecia ser tão extenso assim logo que cheguei. Uma luz? Vi uma luz à frente. Precisei ir até lá. Cheguei a uma clareira espaçosa, onde os raios de sol refletiam claramente o aspecto da montanha. A trilha se desfez e renasceu em dois caminhos distintos. O que fazer? Estava andando há horas e minhas forças pareciam ter se esgotado.

Eu me sentei um momento para descansar. Dois caminhos e duas escolhas. Quantas vezes, na vida, nos deparamos com situações como essa. O empresário que tem de escolher entre a sobrevivência da empresa e a demissão de alguns funcionários. A mãe pobre do sertão do Nordeste que tem de escolher um dos filhos para alimentar. O marido infiel que tem de escolher entre sua esposa e a amante. Enfim, são inúmeras as situações na vida. A minha vantagem era que a minha escolha só afetaria a mim mesmo. Precisei seguir minha intuição, como a senhora recomendou.

Eu me levantei e escolhi o caminho da direita. Caminhei a largos passos nessa trilha e não demorou muito para eu vislumbrar outra clareira. Desta feita, encontrei um poço de água e alguns animais à sua volta. Eles se refrescavam na água límpida e transparente. Como proceder? Encontrei a água, mas ela estava infestada de animais. Consultei meu coração e ele me disse que todos têm direito à água. Eu não poderia tangê-los e privá-los desse bem. A natureza dá em abundância seus recursos para a sobrevivência de seus seres. Sou um dos fios que ela tece. Não sou superior a ponto de me considerar dono dela. Com as minhas mãos acessei a água e a reservei em um pequeno pote que trouxe de casa. A primeira parte do desafio estava cumprida. Precisava achar agora o alimento.

Continuei andando para frente, na trilha, esperando encontrar alguma coisa para comer. Meu estômago roncava, pois já passava do meio-dia. Comecei a olhar de lado. Talvez o alimento estivesse dentro da mata. Quantas vezes procuramos o caminho mais fácil, mas não é ele que conduz ao sucesso (nem sempre o escalador que percorre uma trilha consegue ser o primeiro a chegar ao topo de uma montanha). Os atalhos conduzem mais rápido ao objetivo. Com esse pensamento, saí da trilha e, pouco tempo depois, encontrei uma bananeira e um coqueiro. Era deles que iria retirar alimento. Precisei subir neles com a mesma força e fé que escalei a montanha. Tentei uma, duas, três vezes. Consegui. Voltei para a cabana, pois cumpri o primeiro desafio.

O SEGUNDO DESAFIO

Ao chegar à cabana, encontrei a Guardiã da Montanha mais fulgurante do que nunca. O seu olhar não conseguia separar-se do meu. Pensei que sou realmente especial para Deus. Em todos os momentos, sinto a presença Dele. Ele me ressuscitou em todos os sentidos. Quando eu estava sem trabalho, Ele me abriu as portas; quando eu não tinha oportunidades de crescer profissionalmente, Ele me abriu caminhos; quando eu estava em crise, Ele me libertou das amarras do demônio. Enfim, aquele olhar de aprovação da estranha senhora lembrou-me o homem que eu era até pouco tempo atrás. O meu objetivo era vencer, sem me importar com os obstáculos que eu tivesse que transpor.

— Então você venceu o primeiro desafio? Meus parabéns! — exclamou a senhora. — O primeiro desafio teve como objetivo explorar a sua capacidade de tomada de decisões, de partilha e de sabedoria. Os dois caminhos representam as "forças opostas" que dominam o universo (o bem e o mal). O ser humano é totalmente livre para escolher qualquer um dos caminhos. Se escolher o caminho da direita, terá plena luz e a ajuda dos anjos em todos os momentos da vida. Foi o caminho que você escolheu. Porém, não é um caminho fácil. Muitas vezes, a dúvida assaltará o seu coração, e você se perguntará se vale mesmo a pena trilhar esse caminho. As pessoas do mundo irão sempre lhe magoar e aproveitar de sua bondade. Além disso, a confiança que você depositará nos outros será quase sempre decepcionada. Quando você se afligir, lembre-se: o seu Deus é forte e nunca lhe abandonará. Nunca deixe que a riqueza ou a luxúria pervertam o seu coração. Você é especial e, por seu valor, Deus o considera seu filho. Nunca perca essa graça. O caminho da esquerda pertence a todos que se rebelaram ao chamado do Pai. Todos nós nascemos com uma missão divina.

No entanto, alguns se desviam dela, por materialismo, más influências, corrupção do coração. Todos os que escolhem o caminho da esquerda não têm um bom destino, ensinou-nos Jesus. Toda árvore que não der bons frutos será arrancada e jogada nas trevas exteriores. É esse o destino dos maus porque o Pai é justo. No momento em que você encontrou o poço e aqueles animais sôfregos, seu coração falou mais alto. Escute-o sempre, menino, e você irá longe. O dom da partilha resplandeceu em você naquele momento e o seu crescimento espiritual foi surpreendente. A sabedoria que você tem ajudou-o a encontrar o alimento. Nem sempre o caminho mais fácil é o certo a seguir. Creio que agora você está preparado para o segundo desafio. Daqui a três dias, você sairá de sua cabana e procurará um fato. Aja conforme sua consciência. Se você for aprovado, passará para o terceiro e último desafio.

— Obrigado por me acompanhar todo esse tempo. Eu não sei o que me espera na Gruta nem o que acontecerá comigo. A sua contribuição é muito importante para mim. Desde que escalei a montanha, sinto que minha vida mudou. Estou mais tranquilo e convicto do que quero. Eu vou cumprir o segundo desafio.

— Muito bem. Vejo você daqui três dias.

Dito isso, a senhora desapareceu mais uma vez. Ela me deixou sozinho na quietude do entardecer juntamente com grilos, pernilongos e outros insetos.

O FANTASMA DA MONTANHA

A noite desceu sob a montanha. Acendi a fogueira, e o seu crepitar acalmou mais o meu coração. Já fazia dois dias que eu havia subido a montanha, e ela ainda me parecia desconhecida. O meu pensamento voou e pousou na minha infância, nas brincadeiras, nos medos, nas tragédias. Eu me lembrei bem do dia que me vesti de índio, com arco, flecha e tacape. Agora estava em uma montanha que era sagrada justamente por ter morrido ali um indígena misterioso, o pajé da tribo. Tive que pensar em alguma coisa, pois o medo me congelou a alma. Barulhos ensurdecedores rodeavam minha cabana e eu não tinha ideia do que ou de quem se tratava. Como vencer o medo em uma situação dessas? Responda-me, leitor, pois eu não sei. A montanha ainda era desconhecida para mim.

O barulho se aproximava cada vez mais, e eu não tinha para onde fugir. Sair da cabana era uma temeridade, pois poderia ser devorado por animais ferozes. Ia ter de enfrentar fosse o que fosse. O barulho cessou, e uma luz surgiu. Ela me deixou com mais medo ainda. Com um ímpeto de coragem, exclamei:

— Quem é, em nome de Deus?

Uma voz, fanhosa e obscura, respondeu:

— Sou o bravo guerreiro a quem a Gruta do Desespero destruiu. Desista de seu sonho ou terá o mesmo fim. Eu era um pequeno indígena duma aldeia da nação Xukuru. Ambicionava ser chefe supremo da minha tribo e ser mais forte do que o leão. Então procurei a montanha sagrada para realizar meus objetivos. Venci os três desafios que a Guardiã da Montanha me impôs. Porém, ao entrar na Gruta, fui devorado pelo seu fogo, que estraçalhou meu coração e meus objetivos. Hoje meu espírito sofre e está preso irremediavelmente a esta montanha. Escute-me, ou você terá o mesmo fim.

Minha voz congelou em minha garganta e por instantes não pude responder ao espírito atormentado. Tinha deixado para trás abrigo, alimento, um calor familiar. Eu estava a dois desafios da Gruta. A Gruta que poderia tornar verdadeira a impossível realidade. Eu não desistiria facilmente do meu sonho.

— Escute-me você, bravo guerreiro. A Gruta não realiza sonhos mesquinhos. Se estou aqui, é por um motivo nobre. Não ambiciono bens materiais. Meu sonho vai além disso. Quero realizar-me profissional e espiritualmente. Em suma, quero trabalhar no que gosto, ganhar dinheiro com responsabilidade e contribuir com o meu talento para um universo melhor. Não desistirei do meu sonho tão facilmente.

O fantasma retrucou:

— Você conhece a Gruta e suas armadilhas? Você não passa de um pobre jovem que desconhece a alta periculosidade do caminho que está traçando. A Guardiã é uma charlatã que o está enganando. Ela quer a sua ruína.

A insistência do fantasma me aborreceu. Ele me conhecia, por acaso? Deus, em sua benignidade, não permitiria meu fracasso. Deus e a Virgem Maria estavam efetivamente ao meu lado, sempre. As provas disso foram as várias aparições da Virgem em minha vida. Em "Visão de um médium" (livro que eu não publiquei), está descrita a cena em que, sentado em um banco de praça, onde pássaros e o vento me agitavam, pensava no mundo e na vida. Repentinamente, apareceu a figura de uma mulher que, ao me ver, indagou:

— Acredita em Deus, meu filho?
Prontamente, respondi:
— Certamente e com toda a fé.
Instantaneamente, ela colocou a mão na minha cabeça e orou:
— Que o Deus da glória lhe cubra de luz e o deixe repleto de dons.
Dizendo isso, afastou-se e, quando percebi, ela não estava mais do meu lado. Simplesmente desapareceu. Foi a primeira aparição da Virgem em minha vida. Outra vez, disfarçou-se de mendiga e aproximou-se de mim pedindo alguns trocados. Falou que era agricultora e ainda não estava aposentada. Prontamente entreguei-lhe algumas moedas que tinha em meu bolso. Ao receber o dinheiro, agradeceu e, quando percebi, havia sumido. Na montanha, naquele momento, eu não tinha a menor dúvida de que Deus me amava e estava ao meu lado. Por conseguinte, respondi ao fantasma com certa rudeza.
— Não ouvirei seus conselhos. Conheço meus limites e minha fé. Vá embora! Vá assombrar uma casa ou qualquer outro lugar. Deixe-me em paz!
A luz apagou-se, e escutei o barulho de passos afastando-se da cabana. Eu estava livre do fantasma.

O DIA D

Passaram-se os três dias que me separavam do segundo desafio. Era uma manhã de sexta-feira, ensolarada e resplandecente. Estava eu contemplando o horizonte, quando a estranha senhora se aproximou.

— Está preparado? Procure um fato inusitado na mata e aja conforme seus princípios. É o seu segundo teste.

— Está bem. Há três dias espero por esse momento. Acredito que estou preparado.

Apressadamente, dirigi-me à trilha mais próxima que dava acesso à mata. Os meus passos seguiam uma cadência quase musical. Em que consistia realmente esse segundo desafio? A ansiedade tomou conta de mim, e meus passos aceleraram em busca do objetivo desconhecido. Logo à frente, surgiu a mesma clareira em que a trilha se desfazia e bifurcava-se. Quando cheguei lá, para minha surpresa, a bifurcação não existia mais, e pude visualizar a seguinte cena: um menino, arrastado por um adulto, chorava muito. A emoção tomou conta de mim diante da injustiça e por isso bradei:

— Solte o menino! Ele é menor do que você e não pode se defender.

— Não solto! Eu o estou maltratando porque ele não quer trabalhar.

— Bruto! Meninos não devem trabalhar. Eles devem estudar e ser bem-educados. Solte-o!

— Quem vai me obrigar? Você?

Eu sou totalmente contra a violência, mas nesse momento o meu coração me pediu para reagir ante esse canalha. O menino devia ser solto. Com delicadeza, afastei o menino de perto do bruto e comecei a espancar o homem. O canalha reagiu e me desferiu alguns golpes. Um acertou-me mesmo em cheio. O mundo rodou, e um vento forte penetrante invadiu todo o meu ser. Nuvens brancas, azuis e pássaros ágeis invadiram a minha mente.

Num momento, parecia que todo o meu corpo flutuava sob o céu. Uma voz bem fininha me chamou de longe. Noutro momento era como se eu ultrapassasse portas e portas como obstáculos. As portas eram muito bem trancadas, e eu fazia um imenso esforço para abri-las. Cada porta dava acesso a salões ou santuários, alternadamente. No primeiro salão encontrei jovens vestidas de branco, reunidas ao redor de uma mesa onde no centro havia uma Bíblia aberta. Eram as virgens escolhidas para reinar no mundo futuro. Uma força me empurrou para fora do salão e, quando abri a segunda porta, fui parar no primeiro santuário. À beira do altar, estavam sendo queimados incensos com pedidos dos pobres do Brasil. Do lado direito, um sacerdote orava em voz alta e repentinamente começou a repetir: Vidente! Vidente! Vidente! Ao lado dele, havia duas mulheres com camisetas brancas onde estava escrito: sonho possível. Tudo começou a escurecer e, quando dei por mim, fui arrastado violentamente para fora com tal velocidade que me senti um pouco tonto.

Abri a terceira porta e desta feita encontrei uma reunião de pessoas. Havia um pastor, um padre, um budista, um islamita, um espírita, um judeu e um representante das religiões africanas. Eles estavam dispostos em círculo e no centro havia fogo, cujas chamas desenhavam a expressão 'união dos povos e caminhos para Deus'. No fim, as pessoas se abraçaram e me chamaram para participar do grupo. O fogo se moveu do centro, pousou na minha mão e desenhou a palavra 'aprendizado'. O fogo era pura luz e não provocava queimaduras. O grupo se desfez, o fogo apagou-se e novamente fui empurrado para fora do salão.

Abri a quarta porta. O segundo santuário estava totalmente vazio e aproximei-me do altar. Eu me ajoelhei em reverência ao santíssimo, peguei um papel que estava no chão e escrevi meu pedido. Dobrei o papel e coloquei-o aos pés de uma imagem. A voz que estava longe gradativamente tornava-se mais clara e nítida. Saí do santuário, abri a porta e finalmente acordei. Ao meu lado estava a Guardiã da Montanha.

— Então você acordou? Meus parabéns! Você venceu o desafio. O segundo desafio teve como objetivo explorar sua capacidade de autodoação e ação. Os dois caminhos que representavam as "forças opostas" tornaram-se um só, e isso significa que você deve trilhar o lado direito sem se esquecer do aprendizado que terá ao conhecer o esquerdo. A sua atitude salvou o menino, apesar de ele não precisar disso. Toda aquela cena foi uma projeção mental minha para avaliá-lo. Você tomou a atitude certa. A maioria das pessoas, quando se deparam com cenas de injustiça, preferem não se intrometer. A omissão é um pecado grave, e a pessoa torna-se cúmplice do agressor. Você auto doou-se como fez Jesus Cristo por nós. Isso é uma lição que você levará para toda a vida.

— Obrigado por me parabenizar. Eu agiria sempre em favor dos excluídos. O que me intriga é a experiência espiritual que tive agora há pouco. O que significa? Poderia me explicar, por favor.

— Todos nós temos a capacidade de penetrar em outros mundos através do pensamento. É o que se chama viagem astral. Há alguns experts em relação a esse assunto. O que você viu deve estar relacionado ao seu futuro ou ao das pessoas. Nunca se sabe.

— Entendo. Eu subi a montanha, cumpri os dois primeiros desafios e devo estar crescendo espiritualmente. Creio que brevemente estarei pronto para enfrentar a Gruta do Desespero. A Gruta que realiza milagres e torna os sonhos mais profundos.

— Você deve realizar o terceiro desafio, e eu lhe direi qual é amanhã. Aguarde instruções.

— Sim, general. Esperarei ansiosamente. O filho de Deus, como a senhora me denominou, está com muita fome e preparará uma sopa para mais tarde. A senhora está convidada.

— Ótimo. Adoro sopa. Aproveitarei para conhecê-lo melhor.

A estranha senhora afastou-se e deixou-me sozinho com meus pensamentos. Fui procurar na mata os ingredientes para a sopa.

A JOVEM

A *montanha já se encontrava* às escuras quando a sopa ficou pronta. O vento frio da noite e o cricri dos insetos tornava o ambiente mais rural. A estranha senhora ainda não se encontrava na cabana. Esperava deixar tudo em ordem até que ela chegasse. Experimentei a sopa, estava realmente boa, apesar de não ter todos os temperos necessários. Saí um pouco da cabana e contemplei o céu. As estrelas eram testemunhas dos meus esforços. Subi a montanha, encontrei sua Guardiã e cumpri dois desafios (um mais difícil do que o outro), encontrei um fantasma e ainda estou de pé. "Os pobres esforçam-se mais por seus sonhos." Olho a disposição das estrelas e sua luminosidade. Cada qual tem sua importância no grande universo em que vivemos. As pessoas também são assim, importantes. Sejam brancas, negras, ricas, pobres, da religião A, da religião B, ou de qualquer crença. Todas são filhas do mesmo pai. Eu também quero ter o meu lugar no universo. Sou um ser pensante e sem limites. Creio que um sonho não tem preço e estou disposto a pagá-lo ao entrar na Gruta do Desespero. Contemplo mais uma vez o céu e volto à cabana. Qual não foi a minha surpresa ao já encontrar a Guardiã.

— Você já está aqui? Eu nem me dei conta.

— Você estava tão concentrado em contemplar o céu que não quis quebrar o encanto do momento. Além disso, considero-me de casa.

— Muito bem. Sente-se nesse banco improvisado que fiz. Vou servir a sopa já.

Com a sopa ainda quente, servi a estranha senhora na cuia que eu mesmo encontrei na mata. O vento gelado da noite me acariciou o rosto e sussurrou algumas palavras no meu ouvido. Quem seria aquela estranha senhora que eu estava servindo? Será que ela queria mesmo me destruir como insinuou o fantasma? Eu tinha muitas dúvidas sobre ela e essa era uma ótima oportunidade para saná-las.

— A sopa está boa? Preparei com muito esmero.

— Está ótima! O que você usou para prepará-la?

— É sopa de pedra. Brincadeirinha! Comprei um pássaro de um caçador e usei alguns temperos naturais da mata. Mas, mudando de assunto, quem é você realmente?

— É da boa hospitalidade que o anfitrião fale primeiro sobre si mesmo. Já faz quatro dias que você chegou aqui ao topo da montanha e não sei o seu nome.

— Tudo bem. Mas é uma longa história. Prepare-se. Meu nome é Aldivan Teixeira Tôrres e curso o sétimo período da faculdade de Matemática. Minhas duas grandes paixões são a Literatura e a Matemática. Sempre fui amante dos livros e desde pequeno ambiciono escrever o meu. Quando eu estava no primeiro ano do Ensino Médio, reuni alguns trechos dos livros de Eclesiastes, Sabedoria e Provérbios. Fiquei muito feliz, apesar dos textos não serem da minha autoria. Mostrei a todo mundo, com muito orgulho. Terminei o Ensino Médio, fiz um curso de Informática e parei meus estudos por um tempo. Depois, ingressei num curso técnico de Eletrotécnica pertencente na época ao Centro Federal de Educação Tecnológica. No entanto, percebi que não era minha área por um sinal do destino. Estava preparado para estagiar nessa área. Porém, no dia anterior ao teste que eu ia fazer, uma força estranha me pedia continuamente para eu desistir. Quanto mais passava o tempo, maior era a pressão exercida por essa força. Até que resolvi não fazer o teste.

A pressão acalmou, e o meu coração também. Creio que tenha sido um sinal do destino para eu não ir. Temos que respeitar nossos próprios limites. Fiz alguns concursos, fui aprovado e atualmente exerço a função de assistente administrativo educacional. Há três anos tive outro sinal do destino. Tive alguns problemas e acabei entrando em crise nervosa. Comecei então a escrever e em pouco tempo isso me ajudou a melhorar. O resultado de tudo foi o livro "Visão de um médium", que não publiquei. Tudo isso me mostrou que eu era capaz de escrever e ter uma profissão digna. Penso que seja isso: quero trabalhar no que gosto e ser feliz. Será que é pedir demais para um pobre?

— Claro que não, Aldivan. Você tem talento e isso é o que é mais raro no mundo. No tempo certo você vencerá. As pessoas vitoriosas são aquelas que acreditam em seus sonhos.

— Eu acredito, sim. Por isso estou aqui nesse fim de mundo, aonde as comodidades da civilização ainda não chegaram. Eu me dispus a subir a montanha, a vencer os desafios. Só me resta agora entrar na Gruta e realizar os meus sonhos.

— Estou aqui para ajudá-lo. Sou a Guardiã da Montanha desde que ela se tornou sagrada. Minha missão é ajudar todos os sonhadores que buscam a Gruta do Desespero. Alguns a procuram para realizar sonhos materiais, como dinheiro, poder e ostentação social, ou sonhos egoístas. Todos fracassaram até aqui, e não foram poucos. A Gruta é justa com os desejos.

A conversa continuou animada durante algum tempo. Fui perdendo, pouco a pouco, o interesse por ela, pois uma estranha voz me chamava a sair da cabana. Cada vez que essa voz me chamava, eu me sentia compelido a ir por curiosidade. Eu tinha que ir. Queria saber o que significava aquela estranha voz no meu pensamento. Com delicadeza, despedi-me da senhora e pus-me a andar na direção indicada pela voz. O que me espera? Continuemos juntos, leitor.

A noite era fria, e a insistente voz permanecia na minha mente. Era um tipo de ligação estranha entre mim e ela. Já tinha andado poucos metros fora da cabana, mas pareciam ser quilômetros pelo cansaço que meu corpo respirava. As instruções que eu recebia mentalmente me guiavam na escuridão. Um misto de cansaço, medo do desconhecido e curiosidade imperavam em meu ser. Quem seria a dona daquela estranha voz? O que queria comigo? A montanha e seus segredos. Desde que a conheci, aprendi a respeitá-la. A Guardiã e seus mistérios, os desafios que tive que enfrentar, o encontro com o fantasma, tudo a tornavam especial. Ela não era a mais alta do Nordeste, nem a mais imponente, mas era sagrada. O mito do pajé e os meus sonhos me levaram até ela. Quero vencer todos os desafios, entrar na Gruta e fazer o meu pedido. Serei um homem transformado. Não serei apenas eu, mas serei o homem que venceu a Gruta e seu fogo. Eu me lembro bem das palavras da Guardiã me dizendo para não confiar muito. Eu me lembro melhor ainda das palavras de Jesus que disse: "Aquele que acreditar em mim terá vida eterna".

O meu risco de vida não me fará desistir dos meus sonhos. É com esse pensamento que permaneço com fé. A voz se tornava cada vez mais forte. Achei que estava chegando ao meu destino. Logo à frente, visualizei uma cabana. A voz me disse para eu ir lá. A cabana e a respectiva fogueira que a iluminava estavam num lugar espaçoso e plano. Uma jovem alta, magra e de cabelos negros, assava um tipo de petisco em seu fogo.

— Então você chegou. Sabia que você atenderia o meu chamado.
— Quem é você? O que quer de mim?
— Eu sou outra sonhadora que pretende entrar na Gruta.
— Que poder especial você tem para me chamar pela mente?
— É telepatia, bobo. Não conhece?
— Ouvi falar. Poderia me ensinar?
— Você vai aprender um dia, mas não comigo. Diga-me que sonho traz você aqui?
— Antes de tudo, meu nome é Aldivan. Subi a montanha em busca de minhas forças opostas. Elas definirão o meu destino. Quando alguém é capaz de controlar suas forças opostas pode realizar milagres. É disso que preciso para realizar o meu sonho, que é trabalhar no que gosto e, assim, fazer muitos corações sonharem. Quero entrar na Gruta não apenas por mim, mas por todo o universo que me proporcionou os dons. Terei o meu lugar no mundo e assim serei feliz.
— Meu nome é Nadja. Sou habitante do litoral pernambucano. Na minha terra ouvi falar dessa miraculosa montanha e de sua Gruta. Imediatamente interessei-me em fazer uma viagem até aqui, mesmo

pensando que tudo não passava de uma lenda. Reuni as minhas tralhas, parti, cheguei a Mimoso e subi a montanha. Tirei mesmo a sorte grande. Agora que estou aqui, entrarei na Gruta e realizarei o meu desejo. Serei uma grande deusa, ornada de poder e riquezas. Todos me servirão. O seu sonho é apenas uma bobagem. Para que pedir pouco se podemos ter o mundo?

— Você está enganada. A Gruta não realiza desejos mesquinhos. Você vai fracassar. A Guardiã não permitirá que você entre nela. Para entrar na Gruta, é necessário vencer três desafios. Eu já conquistei duas etapas. Quantas você já venceu?

— Que mané de desafio e de Guardiã. A Gruta só respeita o mais forte e o mais convicto. Realizarei os meus desejos amanhã e ninguém vai me impedir, ouviu?

— Você é quem sabe. Quando quiser se arrepender será tarde demais. Bom, acho que vou indo. Preciso descansar um pouco, pois já é tarde. Quanto a você, não posso desejar boa sorte na Gruta, pois quer ser maior do que Deus. Quando o ser humano chega a esse ponto, ele destrói a si mesmo.

— Tudo bobagem e palavras. Nada me fará voltar atrás em minha decisão.

Vendo que ela estava irredutível afastei-me com pena. Como as pessoas tornam-se pequenas, às vezes. O ser humano só é digno quando luta por ideais justos e igualitários. Percorrendo a trilha, lembrei-me das vezes que fui injustiçado, por uma prova mal corrigida, ou mesmo pelo descaso dos outros. Isso me deixa inconformado. Além de tudo, a minha família é avessa ao meu sonho e não acredita em mim. Como é doloroso! Um dia eles vão me dar razão e ver que os sonhos podem ser possíveis. Nesse dia, depois que tudo passar, cantarei a minha vitória e glorificarei o criador. Ele me deu tudo e só exigiu que eu resplandecesse meus dons, pois, como diz a Bíblia, não se acende uma luz para colocá-la debaixo da mesa, e sim em cima para que todos aplaudam e sejam iluminados. A trilha se desfez, logo vi a cabana que tanto suor me custou. Preciso dormir, pois amanhã será outro dia e tenho planos para mim e o mundo. Boa noite, leitores. Até o próximo capítulo.

O TREMOR

Surgiu um novo dia. A luz apareceu, a brisa da manhã acariciou meus cabelos, pássaros e insetos faziam a festa, a vegetação parecia renascer. Isso acontece todos os dias. Esfreguei os olhos, lavei o rosto, escovei os dentes e tomei um banho. Esta era a minha rotina antes do café da manhã. A mata não oferecia regalias nem opções. Não estava acostumado. Minha mãe sempre me mimou a ponto de servir o café para mim. Tomei meu desjejum em silêncio, mas com a mente aflita. Qual seria o terceiro e último desafio? O que aconteceria comigo na Gruta? Eram tantas as perguntas sem resposta que me deixavam zonzo. A manhã avançava e com ela minhas palpitações, meus temores e calafrios. Quem eu era agora? Certamente não era o mesmo. Subi a montanha sagrada atrás de um destino que eu mesmo não conhecia. Encontrei a Guardiã e descobri novos valores e um mundo maior do que eu jamais pensei existir. Venci dois desafios e agora só me restava o terceiro. Um desafio frio, distante e desconhecido. As folhas ao redor da cabana se moveram levemente. Aprendi a entender a natureza e seus sinais. Alguém se aproximava.

— Oh de casa! Ou melhor, oh da cabana!

De um sobressalto, mudei a direção do meu olhar e contemplei a figura misteriosa da Guardiã. Ela me parecia mais feliz e rosada, apesar da idade que aparentava.

— Estou aqui, como pode ver. Que novidades traz para mim?

— Como você sabe, hoje venho anunciar o seu terceiro e último desafio. Ele será realizado no seu sétimo dia sob a montanha, pois é o prazo máximo que um mortal pode ficar sob ela. Ele é simples e consiste no seguinte: mate o primeiro ser, homem ou animal, que encontrar ao sair da cabana nesse mesmo dia. Caso contrário, você não terá direito de entrar na Gruta que realiza os desejos mais profundos. O que você me diz? Não é fácil?

—Como assim? Matar? Por acaso sou um assassino?

—É a única condição para você entrar na Gruta. Prepare-se, pois, só faltam dois dias e. então um tremor de 3,7 graus na escala Richter abalou todo o topo da montanha. O tremor me deixou tonto e pensei que ia desmaiar. Pensamentos e mais pensamentos me vieram à mente. Senti minhas forças se esgotando e tive a sensação de que algemas prendiam com força minhas mãos e meus pés. Num rápido momento eu me vi escravo, trabalhando em cafezais dominados por senhores. Vi o chicote, o sangue e o clamor dos meus companheiros. Vi a riqueza dos coronéis, seu orgulho e sua perfídia. Vi também o grito por liberdade e por justiça dos oprimidos. Ó, como o mundo é injusto! Enquanto uns vencem, outros apodrecem esquecidos. As algemas se quebraram. Eu estava parcialmente livre. Ainda era discriminado, odiado e injustiçado. Ainda via a maldade dos brancos me chamando de negro. Continuava me sentindo inferior. Ouvi novamente gritos de clamor, mas agora a voz era clara, nítida e conhecida. O tremor desapareceu e pouco a pouco retomei a consciência. Alguém me levantou. Ainda um pouco tonto, exclamei:

— O que aconteceu?

A Guardiã, em prantos, parecia não encontrar uma resposta.

— Meu filho, a Gruta acaba de destruir um outro coração. Por favor, vença o terceiro desafio e acabe com essa maldição. O universo conspira para sua vitória.

— Não sei como vencer. Somente a luz do Criador pode iluminar meus pensamentos e minhas ações. Mas garanto que não desistirei facilmente dos meus sonhos.

— Confio em você e na educação que teve. Boa sorte, filho de Deus! Até a próxima!

Dito isso, a estranha senhora se afastou e foi envolvida numa fumaça. Eu agora estava só e precisava me preparar para o último desafio.

UM DIA ANTES DO ÚLTIMO DESAFIO

Já fazia seis dias que subi a montanha. Todo esse tempo de desafios e experiências me fizeram crescer muito. Conseguia entender a natureza, a mim mesmo e aos outros. A natureza marcha em um ritmo próprio e avessa às pretensões do ser humano. Nós desmatamos, poluímos as águas, jogamos gases na atmosfera. O que ganhamos com isso? O que realmente importa para nós, o dinheiro ou a sobrevivência? As consequências estão aí: aquecimento global, redução da fauna e flora, desastres naturais. Será que o ser humano não enxerga que tudo isso é culpa dele? Ainda há tempo. Há tempo para a vida. Faça sua parte! Economize água e energia, recicle o lixo, não polua o ambiente. Exija dos seus governantes um comprometimento com a questão ambiental. É o mínimo que devemos fazer por nós e pelo mundo.

Voltando à minha aventura, depois que subi a montanha, passei a entender melhor os meus desejos e os meus limites. Compreendi que os sonhos só se tornam possíveis se forem nobres e justos. A Gruta era justa e, se eu vencesse o terceiro desafio, realizaria meu sonho. Quando venci o primeiro e o segundo desafios, passei a entender melhor os desejos do próximo. A maioria das pessoas sonha em ter riquezas, prestígio social e altas funções de comando. Elas deixam de enxergar o que há de melhor na vida: a realização profissional, o amor e a felicidade. O que torna o ser humano realmente especial são suas qualidades que resplandecem através de suas obras. Poder, riqueza, ostentação social não fazem ninguém feliz. Era isso que eu procurava na montanha sagrada, a felicidade e o total domínio sobre as "forças opostas". Precisei sair um pouco. Passo a passo, meus pés me levaram para fora da cabana que construí. Esperei um sinal do destino.

O sol esquentou, o vento ficou mais forte e nenhum sinal apareceu. Como venceria o terceiro desafio? Como conviveria com o fracasso caso eu não conseguisse realizar meu sonho? Tentei afastar os pensamentos negativos, mas o medo era mais forte. Quem eu era antes de subir a montanha? Um jovem totalmente inseguro, com medo de enfrentar o mundo e as pessoas. Um jovem que um dia lutou na Justiça por seus direitos, mas não foi atendido. O futuro mostrou-me que foi melhor assim. Às vezes, ganhamos ao perder. A vida me ensinou isso. Alguns pássaros gritaram ao meu redor. Eles pareciam entender minha preocupação. O dia seguinte seria o sétimo sob a montanha. Meu destino estava em jogo no terceiro desafio. Rezem, leitores, para que eu o vença.

O TERCEIRO DESAFIO

Um novo dia amanheceu. A temperatura era agradável, e o céu estava azul em toda sua imensidão. Preguiçosamente, levantei-me esfregando os olhos de sonolência. O grande dia chegara, estava preparado para ele. Antes de qualquer coisa, precisava preparar o meu café da manhã. Com os ingredientes que consegui no dia anterior, ele não seria tão escasso. Preparei a vasilha e comecei a estralar os apetitosos ovos de galinha. A gordura espirrou e quase atingiu meu olho. Quantas vezes, na vida, os outros parecem nos ferir com suas inquietações. Tomei meu café, descansei um pouco e preparei minha estratégia. O terceiro desafio não parecia ser nada fácil. Matar para mim é impensável. Bem, mesmo assim, teria de enfrentá-lo. Com essa resolução, comecei a caminhar e logo estava fora da cabana. O terceiro desafio começava aí, e eu me preparei para isso. Peguei a primeira trilha e comecei a percorrê-la. As árvores da estrada da vereda batida eram árvores grossas e de raízes profundas. O que eu realmente procurava? O sucesso, a vitória e a realização. Porém, não faria qualquer coisa que fugisse aos meus princípios. A minha idoneidade está acima de fama, sucesso e poder. O terceiro desafio me aflige. Matar para mim é um crime mesmo que seja apenas um animal. Entretanto, queria entrar na Gruta e fazer o meu pedido. Isso representava duas "forças opostas", ou "caminhos opostos".

Continuei seguindo a trilha e torci para não encontrar nada. Quem sabe assim o terceiro desafio não fosse dispensado? Talvez a Guardiã não seja tão generosa assim. As regras têm de ser seguidas por todos. Parei um pouco e não acreditei na cena que vi: uma jaguatirica e seus três filhotes, brincando ao meu redor. Chega. Eu não mataria a mãe de três filhotes. Eu não tenho esse coração. Adeus sucesso; adeus, Gruta do Desespero. Chega de sonhos. Não cumpri o terceiro desafio e vou embora. Vou voltar para minha casa e para meus entes queridos. Apressadamente, voltei à cabana para arrumar minhas malas. Não cumpri o terceiro desafio.

A cabana estava desfeita. O que significava isso tudo? Uma mão tocou levemente o meu ombro. Olhei para trás e me deparei com a Guardiã.

— Meus parabéns, querido! Você cumpriu o desafio e agora tem o direito de entrar na Gruta do Desespero. Você venceu!

O forte abraço que ganhei em seguida deixou-me ainda mais confuso. O que aquela mulher estava dizendo? O meu sonho e a Gruta poderiam se encontrar? Eu não acreditava.

— Como assim? Eu não cumpri o terceiro desafio. Veja, minhas mãos estão limpas. Não manchei o meu nome com sangue.

— Você não se conhece? Você acredita que o filho de Deus seja capaz da atrocidade que pedi? Eu não tenho dúvidas de que você é digno de realizar seus sonhos. Embora eles possam demorar a tornar-se realidade. O terceiro desafio o avaliou completamente, e você demonstrou o amor incondicional às criaturas. Isso é o mais importante num ser humano. Mais um conselho: somente o coração puro sobrevive à Gruta. Mantenha seu pensamento e coração limpos para vencê-la.

— Obrigado, Deus! Obrigado, vida, por essa oportunidade. Prometo não os desapontar.

A emoção tomou conta de mim como nunca, desde que subi a montanha. Será que a gruta seria capaz mesmo de realizar milagres? Eu estava a ponto de descobrir.

A GRUTA DO DESESPERO

Após vencer o terceiro desafio, eu já estava apto a entrar na temida Gruta do Desespero. A Guta que realiza os sonhos impossíveis. Eu era mais um sonhador que iria tentar a sorte. Desde que subi a montanha, eu já não era mais o mesmo. Agora estava confiante em mim mesmo e no universo maravilhoso que me abrigava. O abraço da estranha senhora também me deixou mais tranquilo. Agora ela estava ali, ao meu lado, apoiando-me em todos os sentidos. O apoio que eu não recebi dos meus entes queridos. A minha mala inseparável debaixo do braço. Estava na hora de eu me despedir daquela montanha e de seus mistérios. Os desafios, a Guardiã, o fantasma, a jovem e a própria montanha que parecia ter vida ajudaram-me a crescer. Eu estava pronto para partir e enfrentar a Gruta tão temida. A Guardiã estava do meu lado e me acompanharia nessa viagem até a entrada da Gruta. Partimos, pois o sol já se adiantava no horizonte. Os nossos planos estavam em total harmonia. A vegetação ao redor da trilha que percorremos e o barulho dos animais tornaram o ambiente o mais rural possível. O silêncio da Guardiã durante todo o percurso parecia antever os perigos que a Gruta encerrava. Paramos um pouco. As vozes da montanha pareciam querer dizer alguma coisa. Aproveitei para quebrar o silêncio.

— Posso fazer uma pergunta? O que são essas vozes que tanto me atormentam?

— Você escuta vozes. Interessante. A montanha sagrada tem a propriedade mágica de reunir todos os corações sonhadores. Você é capaz de sentir essas vibrações mágicas e interpretá-las. No entanto, não dê muita atenção a elas, pois podem levá-lo ao fracasso. Tente concentrar-se em seus próprios pensamentos, e a atuação delas será menor. Tenha cuidado. A Gruta é capaz de detectar suas fraquezas e usá-las contra você.

— Prometo me cuidar. Não sei o que me espera na Gruta, mas tenho fé de que os espíritos luminosos me ajudarão. O meu destino está em jogo e, de certa forma o do resto do mundo também.

— Bem, já descansamos o bastante. Vamos continuar a caminhada, pois não demora o sol a se pôr. A Gruta deve estar a uns quinhentos (500) metros daqui.

O rumor de passos recomeçou. Quinhentos metros separavam o meu sonho de sua realização. Estávamos no lado oeste do topo da montanha, onde os ventos eram cada vez mais fortes. A montanha e seus mistérios. Penso que nunca vou conhecê-la realmente. O que me motivou a subir a montanha? A promessa de o impossível tornar-se possível, e o meu instinto aventureiro de escoteiro. A realidade, o possível e a rotina estavam me matando. Agora estava me sentindo vivo e pronto para vencer desafios. A Gruta se aproxima. Já podia ver sua entrada. Parecia imponente, mas isso não me desestimulou. Uma gama de pensamentos invadiu todo o meu ser. Precisava controlar minha ansiedade. Ela poderia me trair na hora fatal. A Guardiã fez um sinal e parou. Obedeci.

— Aqui é o local mais próximo que posso chegar da Gruta. Escute bem o que eu vou dizer, pois eu não vou repetir: antes de entrar nela, reze um pai-nosso para seu anjo da guarda. Ele protegerá você dos perigos. Ao entrar, ande com bastante cautela para não cair em armadilhas. Após percorrer um certo tempo a galeria principal da Gruta, você se deparará com três opções: felicidade, fracasso e medo. Escolha a felicidade. Se escolher o fracasso, você não passará de um pobre louco que um dia sonhou. Se escolher o medo, você se perderá completamente.

A felicidade dá acesso a mais dois cenários que são desconhecidos para mim. Lembre-se: apenas o coração puro pode sobreviver à Gruta. Seja sábio e realize seu sonho.

— Entendi. Chegou o momento mais esperado desde que subi a montanha. Obrigado, Guardiã, por toda sua paciência e zelo comigo. Nunca me esquecerei da senhora nem dos momentos que passamos juntos.

A angústia tomou conta do meu coração ao despedir-me dela. Agora éramos a Gruta e eu. Um duelo que mudaria a história do mundo e a minha também. Olhei bem para ela e peguei na mala uma lanterna para iluminar o caminho. Estava pronto para entrar. A minha perna parecia congelada ante essa gigante. Precisei reunir forças para prosseguir no caminho. Sou brasileiro e não desisto nunca. Consegui dar os primeiros passos e tive a leve impressão de que alguém me acompanhava. Creio que sou realmente especial para Deus. Ele me trata como filho.

Os meus passos aceleraram-se e finalmente consegui entrar na Gruta. O deslumbramento inicial foi grande, mas precisei ser cauteloso por conta das armadilhas. A umidade do ar era alta, e o frio, intenso. Estalactites e estalagmites preenchiam praticamente todo o ambiente. Já havia percorrido uns cinquenta metros dentro dela, e os calafrios começaram a arrepiar todo o meu corpo. Veio à minha mente tudo que passei antes de subir a montanha: as humilhações, as injustiças e a inveja dos outros. Parecia que cada um dos meus inimigos estava dentro daquela Gruta, esperando o melhor momento para me atacar. Com um salto espetacular, consegui ultrapassar a primeira armadilha.

O fogo da Gruta quase me devorou. Nadja não teve a mesma sorte. Agarrado a uma estalactite do teto que milagrosamente suportou meu peso, consegui sobreviver. Precisava descer e continuar minha caminhada rumo ao desconhecido. Meus passos aceleraram-se, mas com precaução. A maioria das pessoas têm pressa. Pressa de vencer, de conquistar objetivos. Uma agilidade fantástica acaba de me salvar de uma segunda armadilha. Foram inúmeras lanças alçadas em direção ao meu corpo. Uma consegue ferir de raspão o meu rosto.

A Gruta quer me destruir. Eu precisava ter mais cuidado a partir de agora. Fazia aproximadamente uma hora que tinha entrado na Gruta e ainda não chegara ao ponto que a Guardiã falou. Devia estar perto. Meus passos continuavam acelerados, e meu coração dava sinal de alerta. Às vezes, não prestamos atenção nos sinais que o próprio corpo dá. É nesse momento que acontecem o fracasso e a decepção. Felizmente não era o meu caso. Ouvi um barulho muito forte vindo em minha direção.

Comecei a correr. Em poucos instantes, percebi que estava sendo perseguido por uma pedra gigantesca que vinha em grande velocidade. Corri durante um tempo e com um movimento brusco consegui me desviar da pedra, abrigando-me na lateral da Gruta. Quando a pedra passou, a parte anterior da Gruta se fechou e logo à frente apareceram três portas. Elas representavam a felicidade, o fracasso e o medo. Se eu escolhesse o fracasso, não passaria de um pobre louco que um dia sonhou em ser escritor. As pessoas teriam pena de mim. Se eu escolhesse o medo, nunca cresceria nem seria conhecido pelo mundo. Poderia entrar num abismo sem fundo e me perder para sempre. Se eu escolhesse a felicidade, poderia prosseguir no meu sonho e passaria para o segundo cenário.

Existiam três opções: a porta da direita, a da esquerda e a do meio. Cada uma representava uma das opções: felicidade, fracasso ou medo. Eu precisava fazer a escolha certa. Aprendi com o tempo a vencer meus medos: medo do escuro, medo de ficar sozinho e medo do desconhecido. Também não tenho medo do sucesso nem do futuro. O medo devia representar a porta da direita. O fracasso é consequência de um mau planejamento.

Algumas vezes fracassei, mas isso não me fez desistir dos meus objetivos. O fracasso deve servir de lição para uma posterior vitória. O fracasso devia representar a porta da esquerda. Por último, a porta do meio devia representar a felicidade, pois o justo não se desvia nem para a direita nem para a esquerda. O justo é sempre feliz. Reuni as minhas forças e escolhi a porta do meio. Ao abri-la, tive amplo acesso a um salão e no teto estava escrito 'Felicidade'. No centro havia uma chave que dava acesso à outra porta. Realmente eu estava certo.

Cumpri a primeira etapa. Restavam-me duas. Peguei a chave e experimentei-a na porta. Serviu perfeitamente. Abri a porta. Ela dava acesso a uma nova galeria. Comecei a percorrê-la. Uma multidão de pensamentos percorria a minha mente: quais serão as novas armadilhas que devo enfrentar? A qual cenário dá acesso essa galeria? Eram muitas as perguntas sem respostas.

Continuei a caminhar e minha respiração tornou-se rarefeita, pois o ar estava cada vez mais escasso. Já havia percorrido uns duzentos (200) metros e devia permanecer atento. Ouvi um barulho e caí ao chão para me proteger. Eram pequenos morcegos que passaram em disparada por mim. Será que iam chupar meu sangue? Seriam carnívoros? Para minha sorte, desaparecem na imensidão da galeria. Vi um vulto, e meu corpo estremeceu. Seria um fantasma? Não. Era de carne e de osso e vinha preparado para lutar comigo. Era um dos sacerdotes ninjas da Gruta.

Comecei a lutar. Ele era bem rápido e tentava me atingir num ponto vital. Tentei escapar das suas investidas. Revidei com alguns golpes que aprendi no cinema. A estratégia deu certo. Ele se assustou e se afastou um pouco. Ele contra-atacou com suas artes marciais, mas eu estava preparado para ele. Eu o atingi em cheio com uma pedra que peguei da Gruta. Ele caiu desacordado. Sou totalmente avesso à violência, mas nesse caso foi estritamente necessário. Quero avançar ao segundo cenário e descobrir os segredos da Gruta. Voltei a caminhar e permaneci atento e vacinado contra novas armadilhas. A umidade do ar era baixa, um vento soprou e me senti mais reconfortado. Senti as correntes de pensamento positivas enviadas pela Guardiã. A Gruta escureceu ainda mais e se transformou. Um labirinto virtual apareceu à minha frente. Mais uma armadilha da Gruta. A entrada do labirinto era perfeitamente visível. Mas onde estaria a saída?

Como entrar nele e não me perder? Eu só tinha uma opção: atravessar o labirinto e arriscar. Criei coragem e comecei a dar os primeiros passos em direção à entrada do labirinto. Reze, leitor, para que eu encontre a saída. Eu não tinha nenhuma estratégia em mente. Pensei que devia usar minha sabedoria para me safar dessa enrascada. Com coragem e fé, adentrei o labirinto. Ele parecia mais confuso visto por dentro do que por fora. As paredes eram largas e revezavam-se em ziguezague. Comecei a lembrar dos momentos na vida em que me achei perdido como em um labirinto. O falecimento do meu pai, tão jovem, foi um golpe duro em minha vida. O tempo que passei desempregado e sem estudar também me deixou perdido como em um labirinto. Eu agora me encontrava na mesma situação.

Continuei caminhando e o labirinto me parecia sem saída. Você já se sentiu desesperado? Era assim que me sentia: totalmente desesperado. Por isso o nome: a Gruta do Desespero. Reuni minhas últimas forças e me levantei. Precisava encontrar a saída a qualquer custo. Tive uma última ideia. Olhei para o teto e vi inúmeros morcegos. Decidi seguir um deles. Vou chamá-lo de bruxo. Um bruxo é capaz de se salvar em um labirinto. Era disso que eu precisava. O morcego voava com bastante velocidade, e eu tinha que acompanhá-lo. Ainda bem que me considero quase um atleta. Vi a luz no fim do túnel, ou melhor, no fim do labirinto. Estava salvo.

O fim do labirinto levou-me a um estranho cenário na galeria da Gruta. Um cenário feito de espelhos. Caminhei cuidadosamente em volta, pois tive medo de quebrar alguma coisa. Vi meu reflexo no espelho. Quem sou eu agora? Um pobre jovem sonhador prestes a descobrir o seu destino. Eu parecia preocupado. O que significava tudo isso? As paredes, o teto, o piso, tudo era composto por vidro. Toquei a superfície de um espelho. O material era frágil, mas refletia fielmente o aspecto da pessoa.

Então surgiu, num impulso, de três espelhos distintos, uma criança, um jovem segurando um caixão e um idoso. Todos eles eram eu. Seria uma visão? Realmente tenho aspectos infantis, como a pureza, a inocência e a fé nas pessoas. Acho que não quero jogar essas qualidades fora. O jovem de quinze anos representa uma fase dolorosa na minha vida: a perda do meu pai. Apesar de sua rigidez e distanciamento, era meu pai. Ainda me lembro dele com saudades. O idoso representa o meu futuro. Como será? Estarei realizado? Casado, solteiro ou até viúvo? Não quero ser um velho revoltado ou magoado.

Chega de ver essas imagens. Meu presente é agora. Sou um jovem de vinte e seis anos, licenciando em Matemática e escritor. Não sou mais uma criança nem o jovem de quinze anos que perdeu o pai. Também não sou um idoso. Tenho um futuro pela frente e quero ser feliz. Não sou nenhuma dessas três imagens. Eu sou eu mesmo. Com um impacto, os três espelhos dos quais os indivíduos surgiram se quebraram e uma porta surgiu. Ela era meu ingresso ao terceiro e último cenário.

Abri a porta que dava acesso a uma nova galeria. O que me esperava no terceiro cenário? Continuemos juntos, leitor. Comecei a caminhar e meu coração acelerou-se como se eu estivesse ainda no primeiro cenário. Já venci muitos desafios e muitas armadilhas e já me considero um vencedor. Em minha memória, busquei as recordações de outrora, quando eu brincava em pequenas grutas.

A situação agora é totalmente diferente. A Gruta era enorme e cheia de armadilhas. A minha lanterna estava quase apagada. Continuei a caminhar e logo à frente surgiu uma nova armadilha: duas portas. As "forças opostas" gritavam dentro de mim. Era preciso fazer uma nova escolha. Um dos desafios veio à minha memória e como tive coragem de superá-lo. Escolhi o caminho da direita. A situação era outra, pois eu estava dentro de uma gruta escura e úmida. Eu já tinha feito a minha escolha, mas comecei a lembrar das palavras da Guardiã, que falou sobre o aprendizado.

Eu precisava conhecer as duas forças para ter total controle sobre elas. Escolhi a porta da esquerda. Abri a porta devagar, com medo do que ela podia estar guardando. Eu a abri e contemplei a visão: estava em um santuário, cheio de imagens de santos e com um cálice no altar. Seria o Santo Graal, o cálice perdido de Cristo e que dá a quem beber a juventude eterna? As minhas pernas tremiam. Impulsivamente, corri em direção ao cálice e comecei a beber o que tinha nele.

O vinho era de um gosto dos deuses. Senti-me tonto, o mundo girava, os anjos cantavam, e a terra da Gruta tremia. Tive a minha primeira visão. Vi um judeu chamado Jesus, junto com seus apóstolos, curando, libertando e abrindo novas perspectivas para seu povo. Vi toda a sua trajetória de milagres e de amor. Vi também a traição de Judas, e o diabo agindo por trás dele. Por último, vi sua ressurreição e glória. Escutei uma voz me dizer: "Faça o seu pedido". Retumbante de alegria, exclamei: "Quero ser o Vidente!"

O MILAGRE

Logo após o meu pedido, o santuário tremeu, encheu-se de fumaça e vozes alteradas podiam ser ouvidas por mim. O que elas revelavam era totalmente secreto. Um pequeno fogo subiu do cálice e pousou em minha mão. Sua luz era penetrante e iluminava toda a Gruta. As paredes da Gruta se transformaram e deram espaço a uma pequena porta. Ela se abriu e um vento forte começou a me empurrar de encontro a ela. Todo o meu esforço veio à minha mente A dedicação aos estudos, o perfeito seguimento às leis de Deus, a subida da montanha, os desafios e a própria passagem na Gruta. Tudo isso me trouxe um crescimento espiritual espantoso. Eu agora estava preparado para ser feliz e realizar meus sonhos.

A tão temida Gruta do Desespero se via forçada a realizar o meu pedido. Não deixei de me lembrar também, nesse momento sublime, de todos aqueles que contribuíram para a minha vitória, direta ou indiretamente. Eu me lembrei da minha professora primária, dona Socorro, que me ensinou as letras, dos meus mestres da vida, dos meus companheiros de estudo e de trabalho, dos meus familiares, da Guardiã, que me auxiliou a vencer os desafios e da própria Gruta. O vento forte continuou me empurrando de encontro à porta, e logo eu estaria no interior da câmara secreta.

A força que me empurrava finalmente cessou. A porta se fechou. Eu me vi em uma câmara bastante larga, alta e escura. Do lado direito, havia uma máscara, uma vela e uma Bíblia. Do lado esquerdo, uma capa, um bilhete e um crucifixo. No centro, no alto, um interessante aparelho circular de ferro. Caminhei em direção ao lado direito. Usei a máscara, peguei a vela e abri a Bíblia numa página aleatória. Caminhei em direção ao lado esquerdo. Vesti a capa, escrevi meu nome e codinome no bilhete e segurei o crucifixo com a outra mão. Caminhei em direção ao centro e me coloquei exatamente embaixo do aparelho. Pronunciei as sete letras mágicas: v-i-d-e-n-t-e. Imediatamente um círculo de luz foi emitido pelo aparelho e me envolveu completamente. Senti o cheiro do incenso que é queimado todos os dias em memória de grandes sonhadores como Martin Luther King, Nelson Mandela, Teresa de Calcutá, Francisco de Assis e Jesus Cristo.

Meu corpo vibrou quando começou a flutuar. Meus sentidos começaram a ser despertados e com eles fui capaz de reconhecer os sentimentos e as intenções mais profundas. Os meus dons foram fortalecidos e com eles sou capaz de realizar milagres no tempo e no espaço. O círculo se fechou cada vez mais, e todo sentimento de culpa, intolerância e medo foi apagado da minha mente. Estou quase pronto. Uma sequência de visões começou a aparecer e me deixou confuso. Finalmente o círculo se apagou.

Num instante, uma sequência de portas foi aberta e, com meus novos dons, pude ver, sentir e ouvir perfeitamente gritos de personagens querendo se manifestar, tempos e lugares distintos começaram a aparecer e questões significativas começaram a corroer o meu coração. O desafio do Vidente estava lançado.

A SAÍDA DA GRUTA

Com tudo cumprido, restava-me agora sair da Gruta e proceder à minha verdadeira viagem. O meu sonho estava realizado e agora faltava colocá-lo em prática. Comecei a caminhar e em pouco tempo deixei para trás a câmara secreta. Creio que nenhum outro ser humano terá o prazer de entrar nela. A Gruta do Desespero nunca mais será a mesma depois que eu sair dela vitorioso, confiante e feliz.

Voltei a penetrar no terceiro cenário. As imagens dos santos permaneciam intactas e pareciam felizes com a minha vitória. O cálice estava levemente caído e seco. O vinho estava delicioso. Caminhei calmamente em volta do terceiro cenário e senti a atmosfera do lugar. Realmente era sagrada, assim como a Gruta e a montanha. Gritei de felicidade e o eco produzido se estendeu por toda a Gruta. O mundo não será mais o mesmo depois do Vidente.

Parei, repensei e contemplei a mim mesmo em todos os sentidos. Com um último beijo de despedida deixei o terceiro cenário e voltei para a mesma porta da esquerda que escolhi. O caminho do Vidente não será fácil, pois terá o desafio de controlar totalmente as forças opostas do seu coração e ensinar aos outros. O caminho da esquerda, que foi a minha opção, representa o conhecimento e o contínuo aprendizado, as forças ocultas, o arrependimento ou a própria morte.

A caminhada tornou-se exaustiva, pois a Gruta é muito extensa, escura e úmida. O desafio do Vidente pode ser maior do que eu penso. O desafio de conciliar corações, vidas e sentimentos. Isso não é tudo. Ainda tenho que cuidar do meu próprio caminho. A galeria tornou-se estreita e com ela também meus pensamentos. Vieram à tona a saudade de casa, da Matemática e da própria vidinha. Enfim, saudades de mim mesmo. Apressei os passos e logo cheguei no segundo cenário. Os espelhos quebrados representam agora as partes da minha mente que foram preservadas e ampliadas. Os bons sentimentos, as virtudes, os dons e a própria capacidade de reconhecer quando se erra. O cenário de espelhos é o reflexo da minha própria alma. Vou levar esse autoconhecimento, para a vida inteira.

Ainda estão guardadas na memória a figura da criança, a do jovem de quinze anos e a do idoso. São três das minhas muitas faces que vou preservar, pois são minha própria história. Eu me despeço do segundo cenário e com ele deixo minhas lembranças.

Cheguei na galeria que conduz ao primeiro cenário. A minha expectativa de futuro e minha esperança estão renovadas. Sou o Vidente, um ser evoluído e especial, destinado a fazer muitos corações sonharem. O período pós-Gruta servirá de treinamento e aperfeiçoamento de habilidades preexistentes. Andei um pouco mais e já consegui vislumbrar o labirinto. Esse desafio quase me destruiu. A minha salvação foi o bruxo, um morcego que me auxiliou a encontrar a saída. Agora eu não preciso mais dele, pois com os meus poderes de vidente consigo passar facilmente pelo labirinto.

Tenho o dom da orientação em cinco planos. Quantas vezes não nos sentimos como se estivéssemos perdidos em um labirinto? Quando perdemos o emprego; quando decepcionamos o grande amor de nossas vidas; quando desafiamos a autoridade de nossos superiores; quando perdemos a esperança e a capacidade de sonhar; quando paramos de ser aprendizes da vida; quando perdemos a capacidade de dirigir o nosso próprio destino.

Lembre-se: o universo predispõe a pessoa, mas é ela que tem de correr atrás e mostrar que é digna. Foi o que eu fiz. Subi a montanha, realizei três desafios, entrei na Gruta, venci suas armadilhas e cheguei ao meu destino. Ultrapassei o labirinto, e isso não me fez tão feliz, pois já venci o seu desafio Pretendo buscar outros horizontes. Já havia caminhado cerca de três mil metros entre a câmara secreta, o terceiro e o segundo cenários e senti-me um pouco cansado. Senti o suor escorrendo, a pressão do ar e a baixa umidade. Eu me aproximei do ninja, meu grande adversário. Ele me pareceu ainda estar desacordado. Senti tê-lo tratado daquela forma, mas estavam em jogo o meu sonho, a minha esperança e o meu destino. O homem tem que tomar decisões importantes em situações importantes. O medo, a vergonha, as regras morais só atrapalham em vez de ajudar.

Acariciei seu rosto e tentei restabelecer a vida em plenitude em seu corpo. Agi assim pois já não somos adversários, mas sim companheiros de episódio. Ele se levantou e com um comprimento ninja me felicitou. Tudo ficou para trás: a luta, as nossas "forças opostas", o idioma diferente, os objetivos distintos. Vivemos uma situação diferente da anterior.

Podemos conversar, nos entender e quem sabe ser amigos. Cumpro assim o seguinte ditado: 'Faça do seu inimigo um ardoroso e fiel amigo'. Por fim, ele me abraçou, despediu-se e me desejou boa sorte. Retribui. Ele continuará fazendo parte do mistério da Gruta, e eu, do mistério da vida e do mundo. Somos "forças opostas" que se encontraram. Esse é o meu objetivo com este livro, reunir as "forças opostas".

Continuei caminhando na galeria que dá acesso ao primeiro cenário. Eu me sentia confiante e totalmente tranquilo, diferente de quando entrei na Gruta. O medo, o escuro e o imprevisto me atemorizavam. As três portas que significavam felicidade, medo e fracasso me ajudaram a evoluir e entender o sentido das coisas. O fracasso representa tudo aquilo de que fugimos sem saber por quê. O fracasso deve sempre ser um momento de aprendizado. É nesse momento que o ser humano descobre que não é perfeito, que o caminho ainda não está traçado e é o momento de reconstrução.

É isso que devemos fazer sempre: renascer. Vejam o exemplo das árvores. Elas perdem as folhas, mas não a vida. Sejamos como elas, metamorfoses ambulantes. A vida exige isso. O medo é presente sempre que nos sentimos ameaçados ou subjugados. Ele é ponto de partida para novos fracassos. Supere seus medos e descubra que ele só existe em nossa imaginação.

Já havia percorrido uma boa parte da galeria da Gruta e, nesse exato momento, ultrapassei a porta da felicidade. Todos podem ultrapassar essa porta e se convencer de que a felicidade existe e é alcançada se estivermos completamente em sintonia com o universo. Ela é relativamente simples. O operário, o pedreiro, os serventes são felizes ao realizarem o seu mister. O agricultor, o canavieiro, os boiadeiros são felizes ao recolherem o produto dos seus trabalhos. O professor, em ensinar e aprender. O escritor, em escrever e ler. O padre, em proclamar a mensagem divina, e os menores carentes, os órfãos, os mendigos, ao receberem uma palavra de carinho e afeto. A felicidade está dentro de nós e espera continuamente para ser descoberta. Para sermos realmente felizes, devemos esquecer o ódio, as intrigas, os fracassos, o medo e a vergonha.

Continuei caminhando e vi todas as armadilhas que consegui driblar e me pergunto o que fazem as pessoas que não têm crença, caminho ou destino. Nenhuma ultrapassaria as armadilhas, pois elas não têm um porto seguro, uma luz ou força que as sustente. O homem não é nada se estiver sozinho. Ele só constrói alguma coisa quando está ligado a forças sobre-humanas. Ele só consegue realizar-se se estiver em plena sintonia com o universo. É assim que me sinto agora, em plena sintonia, pois subi a montanha, realizei três desafios e derrotei a Gruta. A Gruta que realizou o meu sonho. A minha caminhada se aproximava do fim, pois conseguia ver a luz da entrada da Gruta. Logo estaria fora dela.

O REENCONTRO COM A GUARDIÃ

Eu estava fora da Gruta. O céu estava azul, o sol estava forte, e o vento era noroeste. Comecei a contemplar todo o exterior e percebi o quanto é lindo e extenso o universo. Eu me sinto parte importante dele, pois subi a montanha, realizei três desafios, fui testado pela Gruta e venci. Sinto-me também transformado em todos os sentidos, pois hoje eu não sou apenas um sonhador, e sim o Vidente, superdotado de dons. A Gruta realizou mesmo um milagre. Milagres acontecem todos os dias, mas não percebemos. Um gesto fraterno, a chuva que faz ressurgir a vida, uma esmola, uma confidência, o nascimento, o amor verdadeiro, um elogio, o inesperado, a fé movedora de montanhas, a sorte e o destino, tudo representa o milagre que é a vida. A vida é mesmo generosa.

Continuei a contemplar o exterior completamente em êxtase. Estou ligado ao universo, e ele a mim. Somos um só com os mesmos objetivos, as mesmas esperanças e crenças. Eu estava tão concentrado que mal percebi quando uma pequenina mão tocou o meu corpo. Continuei em meu recolhimento espiritual, particular e único, até que um leve desequilíbrio provocado por alguém me tirou do eixo. Eu me voltei para a causa e vi um menino e a Guardiã. Acho que eles estavam há muito tempo ao meu lado e não percebi.

— Então você sobreviveu à Gruta? Meus parabéns! Eu esperava por isso. Dentre todos os guerreiros que já almejaram entrar na Gruta e realizar seus sonhos, você era o mais capaz. Entretanto, você deve saber que a Gruta é apenas uma etapa entre as muitas que você enfrentará na vida. O conhecimento é o que lhe dará o verdadeiro poder e isso é algo que ninguém roubará de você. O desafio está lançado. Estou aqui para ajudá-lo. Veja, eu lhe trouxe esse menino para acompanhá-lo em sua verdadeira viagem. Ele será de grande ajuda. A sua missão é reunir as "forças opostas" e fazê-las produzir frutos em outro tempo. Alguém precisa de sua ajuda e por isso irei enviá-lo.

— Obrigado. A Gruta realizou mesmo o meu sonho. Agora eu sou o Vidente e estou pronto para novos desafios. O que é essa verdadeira viagem? Quem é esse alguém que precisa de minha ajuda? O que acontecerá comigo?

— Muitas perguntas, meu caro. Responderei apenas uma. Com seus novos poderes, você fará uma viagem no tempo para distorcer injustiças e ajudar alguém a se encontrar. O resto, você descobrirá por si mesmo. Você tem exatamente trinta dias para realizar uma missão. Não desperdice o seu tempo.

— Entendi. Quando poderei ir?
— Hoje mesmo. O tempo urge.

Dito isso, a Guardiã entregou-me o menino e despediu-se amigavelmente. O que me espera nessa viagem? Será que o Vidente é mesmo capaz de corrigir injustiças? Penso que todos os meus poderes serão necessários para eu me dar bem nessa viagem.

A DESPEDIDA DA MONTANHA

A montanha respira ares de tranquilidade e de paz. Desde que cheguei aqui aprendi a respeitá-la. Creio que isso também me ajudou a galgá-la, a vencer os desafios e a entrar na Gruta. Ela era mesmo sagrada. Tornou-se assim por causa da morte de um misterioso pajé que fez um estranho pacto com as forças do universo. Ele prometeu dar sua vida em troca do restabelecimento da paz em sua tribo. Há séculos os Xukuru dominavam a região e nessa época suas tribos estavam em guerra por conta de estratagemas de um feiticeiro da tribo do Norte denominado Kualopu.

Ele ansiava o poder e o total controle sobre as tribos. Seus planos abrangiam também dominar o mundo com suas artes ocultas. Então começou a guerra. A tribo do Sul revidou os ataques e assim as mortes foram se sucedendo. Toda a nação Xukuru estava ameaçada de desaparecer. Então o pajé do Sul reuniu suas forças e fez o pacto. A tribo do Sul venceu a disputa, o feiticeiro foi morto, o pajé pagou o preço do seu pacto, e a paz foi restabelecida. Desde então, a montanha do Ororubá tornou-se sagrada.

Ainda estava à beira da Gruta analisando a situação. Tinha uma missão para cumprir e um menino para cuidar mesmo sem ser pai ainda. Analisei o menino dos pés à cabeça e de imediato o segredo veio à minha mente. Era o mesmo menino que tentei salvar das garras daquele homem cruel. Ele me parecia mudo, pois ainda não me dirigira a palavra. Tentei quebrar o silêncio.

— Menino, seus pais concordam que viaje comigo? Olha, eu só o levarei se for estritamente necessário.

— Eu não tenho família. Minha mãe faleceu há três anos. Depois disso, meu pai tomou conta de mim, porém me maltratava tanto que decidi fugir. A Guardiã é quem cuida de mim agora. Lembre-se do que ela disse, o senhor precisa de mim nessa viagem.

— Eu lamento. Por que não me conta como o seu pai o maltratava?

— Ele me obrigava a trabalhar doze horas por dia. As refeições eram escassas. Eu não tinha o direito de brincar, de estudar nem mesmo de ter amigos. Ele me batia frequentemente. Além disso, não me dava o carinho que um pai tem que dar. Então resolvi fugir.

— Entendo sua decisão. Apesar de ser criança, você é muito sábio. Você não sofrerá mais com esse monstro de pai. Prometo cuidar bem de você nessa viagem.

— Cuidar de mim? Duvido.

— Qual é seu nome?

— Renato. Foi o nome que a Guardiã escolheu. Antes eu não tinha nome nem direitos. Qual é o seu nome?

— Aldivan. Mas pode me chamar de Vidente, ou filho de Deus.

— Está bem. Quando partiremos, Vidente?

— Em breve. Preciso agora me despedir da montanha. Com um gesto fiz um sinal para que Renato me acompanhasse. Iria percorrer todas as trilhas e todos os recantos da montanha antes de partir para o destino desconhecido.

A VIAGEM NO TEMPO

Acabo de me despedir da montanha. Ela foi importante para o meu crescimento espiritual e contribuiu com a minha sabedoria. Vou guardar boas recordações dela; do seu topo acolhedor onde realizei desafios, conheci a Guardiã e a entrada da Gruta. Não posso me esquecer também do fantasma, da jovem e do menino que me acompanha. Eles foram importantes em todo o processo, pois me fizeram refletir, me autocriticar e colaboraram para o meu conhecimento de mundo.

Agora eu estava pronto para um novo desafio. A montanha passou, a Gruta também e, em contrapartida, eu ia fazer uma viagem no tempo. O que será que me esperava? Teria muitas aventuras? O tempo dirá. Estava prestes a sair do topo da montanha e carregava comigo as minhas expectativas, a mala, os meus pertences e o menino, que não desgrudava de mim.

Do alto, vi o arruado do lugarejo chamado Mimoso. Como é pequeno! Mas é importante para mim, pois foi lá que subi a montanha, venci os desafios, entrei na Gruta e conheci a Guardiã, o fantasma, a jovem e o menino. Tudo isso foi importante para me tornar o Vidente. O Vidente que era capaz de entender os corações mais confusos e transcender o tempo e a distância para ajudar os outros. Estava tomada a decisão. Eu iria partir.

Agarrei o braço do menino com força e comecei a me concentrar. Um vento frio bateu, o sol esquentou um pouco, e as vozes da montanha começaram a atuar. Lá no fundo escutei uma voz fininha pedindo socorro. Concentrei-me na voz e comecei a usar os meus poderes para tentar chegar até ela. Era a mesma voz que escutei na Gruta do Desespero. Uma voz de mulher.

Consegui criar um círculo de luz ao meu redor para nos proteger dos impactos do deus tempo. Comecei a acelerar nossa velocidade. Ela tinha que atingir a velocidade da luz para podermos romper a barreira do tempo. A pressão do ar aumentava pouco a pouco. Eu me sentia tonto, perdido e confuso. Por um momento, transpassei mundos e planos paralelos ao nosso. Vi sociedades injustas e tiranas como a nossa. Vi o mundo dos espíritos e observei como eles trabalham para o perfeito ordenamento do nosso. Vi fogo, luz, trevas e cortinas de fumaça. Enquanto isso, nossa velocidade acelerava ainda mais. Estávamos próximos de ultrapassar a velocidade da luz.

O mundo girava e por um momento me vi no antigo Império chinês, trabalhando em uma roça. Mais um segundo e estava no Japão, servindo petiscos ao imperador. Rapidamente mudei de local e estava num ritual, na África, num culto aos orixás. Passo e repasso vidas na minha memória. A velocidade aumentou ainda mais e em certo momento atingimos o êxtase. O mundo parou de girar, o círculo se desfez e caímos de encontro ao chão. A viagem no tempo estava completa.

ONDE ESTOU?

Desperto e ao me levantar percebo que estou sozinho. O que foi feito de Renato? Será que ele não sobreviveu à viagem no tempo? Bem, era o que eu podia concluir naquele momento. Espere. Onde estou? Eu não conheço este lugar. Não tem chão, não tem céu, é um vazio total. Um pouco distante do lugar em que estou, percebo uma reunião de pessoas em procissão, todas vestidas de negro. Eu me aproximo delas para descobrir do que se trata. Não gosto de ficar em lugares desconhecidos sozinho.

Ao chegar mais perto, percebo que não se trata exatamente de uma procissão, mas sim de um enterro. O caixão ergue-se bem no centro sustentado por três pessoas. Abordo uma das pessoas que está participando da cerimônia.

— O que está acontecendo? De quem é o enterro?
— Estão sendo sepultadas a fé e a esperança das pessoas.
— O quê? Como assim?

Sem entender, afasto-me do enterro. O que aquelas pessoas loucas estavam fazendo? Que eu saiba se sepultam mortos, e não sentimentos. A fé e a esperança nunca devem ser sepultadas mesmo que a situação seja desesperadora. O enterro some no horizonte. O sol surge e uma luz intensa pode ser vista no plano superior. A luz é penetrante e envolve todo o meu ser. Esqueço todas as angústias, mágoas e todos os sofrimentos. É a visão do Criador e me sinto totalmente tranquilo e confiante em sua presença.

No plano inferior, surge uma sombra e com ela seus malfeitores. A visão das trevas me angustia. Os planos distintos representam as "forças opostas" que se enfrentam continuamente no universo. Estou do lado do bem e vou esforçar-me para que ele sempre prevaleça. Os planos distintos desaparecem da minha visão e resta comigo o espaço vazio. O chão aparece, o céu azul brilha e num instante acordo como se tudo não passasse de um sonho.

FORÇAS OPOSTAS

PRIMEIRAS IMPRESSÕES

O verdadeiro despertar me deixou de bom humor. A viagem no tempo parece ter sido um sucesso. Ao meu lado, ainda dormindo, encontrava-se Renato, com ares de quem aproveitou bem a viagem. Onde estou? Em poucos instantes irei descobrir. Contemplo com atenção o lugar, e ele não me é estranho. A serra, a vegetação, o relevo, tudo é o mesmo. Espere. Há algo diferente. O lugarejo já não parece ser o mesmo. As casas que existem agora, espalhadas de um lado para outro, juntas, formam no máximo uma rua.

Acabo de entender o que aconteceu. Viajamos realmente no tempo, mas não no espaço. Preciso descer da montanha para observar tudo. Eu me aproximo de Renato e começo a sacudi-lo. Não podemos perder tempo em demoras, pois temos exatamente 30 dias para ajudar alguém que ainda não conheço. Renato espreguiça-se e com relutância começa a descer a montanha comigo. Acho que ele ainda não superou a batalha que foi a passagem do tempo. Ele ainda é criança e precisa de meus cuidados.

Já descemos uma boa parte do percurso e Mimoso se aproxima cada vez mais. Conseguimos ver moleques brincando na rua, lavadeiras com suas trouxas numa barragem próxima, jovens se paquerando na pequena praça do local. O que nos espera? Quem será que precisa de ajuda? Todas essas respostas serão obtidas no decorrer do livro.

Algo se destaca no céu de Mimoso. Nuvens negras preenchem todo o ambiente. O que isso significa? Vou ter que me informar a respeito. Nossos passos aceleram-se e já estamos a uns cem metros do lugarejo. Ao norte eleva-se uma bela casa, bem construída e de porte elegante. Deve servir de moradia para alguém importante. A oeste, um castelo negro se destaca entre o casario. Ele dá medo só pela aparência. Finalmente chegamos. Estamos no centro, onde a maioria das casas está localizada. Preciso procurar um hotel para descansar, pois a viagem foi longa e cansativa. Minhas malas pesam. Converso com um dos moradores que me indica o local. Fica um pouco mais ao sul de onde estamos. Partimos para lá.

O HOTEL

O percurso de onde estávamos até o hotel foi realizado tranquilamente. Fomos observados pelas pessoas que encontrávamos. Dentre essas pessoas, algumas figuras se destacaram, como uma mulher com chapéu à moda Carmem Miranda, um rapaz com marcas de chicotes nas costas, uma moça triste acompanhada de três homens fortes que pareciam ser seus guarda-costas. Todas elas agiam estranhamente, como se aquela vila não fosse uma comunidade comum.

Estávamos em frente ao hotel. Por fora, ele podia ser descrito como uma residência térrea, de alvenaria, com área aproximada de cento e cinquenta metros quadrados no estilo de uma casa, com telhado em forma de V invertido. A janela e a porta de entrada eram de madeira recobertas com cortinas de muito bom gosto. Havia um pequeno jardim, onde se cultivavam flores dos mais variados tipos. Este era o único hotel de Mimoso, conforme nos foi informado. Ao lado dele, a poucos metros dali, localizava-se um estábulo. Tentei achar a campainha, mas não consegui. Lembrei que devíamos estar em tempos remotos e, além disso, estávamos no interior onde os avanços da civilização não chegavam. A solução, para ser atendido, foi usar o velho método do grito, que despertava até os inveterados surdos.

— Ó de casa! Tem alguém aí?

Em pouco tempo, a porta rangeu e lá de dentro surgiu a figura de uma mulher de uns 60 anos, olhos claros, boa envergadura, cabelos ruivos, um pouco magra, faces coradas e, pelo semblante, parecia um pouco contrariada.

— Que gritaria é essa no meu estabelecimento? Você não tem educação?

— Me desculpe, mas foi a única forma que descobri para chamar a atenção. A senhora é proprietária do hotel? Precisamos de alojamento durante 30 dias. Eu lhe pagarei generosamente.

— Sim, sou a proprietária desse hotel há mais de 30 anos. Meu nome é Carmem. Eu tenho à disposição apenas um quarto. Estão interessados? O hotel não é luxuoso, mas tem para oferecer uma boa alimentação, amigos, alojamentos regulares e um calor familiar.

— Sim, estamos interessados. Estamos realmente cansados, pois fizemos uma longa viagem. A distância daqui até a capital é de aproximadamente duzentos e trinta quilômetros.

— Então o quarto é de vocês. As bases contratuais, acertamos depois. Sejam bem-vindos. Adentrem e descansem. A casa é de vocês.

Entramos no jardim que dava acesso à porta de entrada. Um bom descanso e uma boa comida realmente poderiam recompor nossas forças. Aquela senhora que nos atendeu e agora nos acompanhava era realmente simpática. A estada no hotel não seria tão monótona. Quando ela tivesse um pouco de tempo, poderíamos conversar e assim nos conhecer melhor. Além disso, tinha que descobrir quem eu teria de ajudar e quais os desafios eu teria que superar para reunir as "forças opostas". Isso representava mais uma etapa em minha evolução como vidente.

A porta do hotel foi aberta por Carmem, e adentramos numa pequena sala com móveis característicos da época, decorada com pinturas renascentistas. A atmosfera era mesmo familiar. Num banco, no lado direito, estavam sentadas três pessoas: um jovem com aproximadamente vinte anos, esbelto, de olhos e cabelos negros e boa aparência; um homem, de uns quarenta anos, com bom porte físico, cabelos negros e olhos castanhos, um ar jovial e um sorriso cativante; um idoso, de pele morena, com cabelos encaracolados, atitude e olhar sérios. Dona Carmem tratou de fazer as apresentações:

— Este é meu marido, Gumercindo – disse apontando para o idoso — Estes outros são meus hóspedes, o Rivânio, também chamado de Vaninho, é atendente na estação ferroviária e o jovem, Gomes, funcionário da loja de fazendas.

— Meu nome é Aldivan, e este é meu sobrinho, Renato.

Feitas as apresentações, dona Carmem nos conduziu ao nosso quarto. O cômodo era espaçoso, claro e arejado, e tinha duas camas, o que me deixou mais tranquilo. Guardamos as malas, nos acomodamos e finalmente dona Carmem nos deixou a sós. Decidimos descansar um pouco para jantarmos mais tarde.

O JANTAR

Após um bom sono, restaurador de forças, despertei. Estava no quarto de hotel junto com Renato. A consciência pesava por eu ter contado mentiras anteriormente. Eu não sou do Recife, nem Renato é meu sobrinho. Porém, foi o melhor a fazer. Eu ainda não conhecia realmente as pessoas para as quais eu me apresentei. Era melhor manter-me na defensiva, pois a confiança é algo que se conquista.

Pensando bem, se eu dissesse a verdade, todos me chamariam de louco. A verdade é que subi a montanha em busca dos meus sonhos, venci três desafios e entrei na temida Gruta do Desespero. Driblando armadilhas e cenários, transformei-me no Vidente e realizei uma viagem no tempo em busca do desconhecido. Eu agora estava ali em busca de respostas. Eu me levantei da cama, acordei Renato e juntos nos dirigimos à sala de jantar. Estávamos com fome, pois não nos alimentávamos há seis horas.

Entramos na sala de jantar, cumprimentamos os outros e nos sentamos. O banquete servido era variado, tipicamente nordestino. Havia angu com leite e xerém com frango. Para a sobremesa, bolo de massa de mandioca. A conversa começou a girar e todos participaram dela.

— Bem, senhor Aldivan, o que o senhor faz da vida e que bons ventos o trazem a este pequenino lugar? — Perguntou dona Carmem.

— Sou repórter e jornalista, além de licenciando em Matemática. Sou o enviado do Diário da Capital com o objetivo de encontrar uma boa história. É verdade que este lugar esconde mistérios profundos?

— Bem, acho que sim. No entanto, estamos proibidos de tocar nesse assunto. Caso não saiba, vivemos sob as leis e a ordem da imperadora Clemilda. Trata-se de uma poderosa feiticeira que usa as forças ocultas para punir a quem a desobedece. Fique alerta, pois ela pode ouvir tudo.

Por um segundo, quase me engasguei com a comida. Agora compreendia o sinal das nuvens negras. O equilíbrio das "forças opostas" estava quebrado. Essa mulher do mal estava bloqueando os raios de sol, a pura luz. Aquela situação não poderia durar por muito tempo, pois caso contrário Mimoso poderia perecer justamente com seus habitantes.

— É verdade que os jornalistas mentem muito? — Perguntou Rivânio.

— Isso não acontece, pelo menos no meu caso. Tento ser fiel às minhas convicções e à notícia. O verdadeiro jornalista é aquele que é sério, ético e apaixonado por sua profissão.

— Você é casado? Quais são os seus objetivos de vida? — Perguntou dona Carmem.

— Não. Alguém um dia me disse que Deus arranjaria uma pessoa para mim. Atualmente, estou focado nos meus estudos e nos meus sonhos. O amor chegará um dia, se for meu destino.

— Senhor Gumercindo, fale-me sobre Mimoso.

— É como minha mulher disse, meu filho, estamos proibidos de falar sobre a tragédia que aconteceu aqui alguns anos atrás. Desde que Clemilda começou a reinar, nossas vidas não foram mais as mesmas.

A emoção tomou conta de todos que estavam na sala. Lágrimas insistentes escorriam sobre o rosto do senhor Gumercindo. Ali estava a figura de um pobre homem, cansado da ditadura cruel de uma feiticeira. A vida tinha perdido o sentido para aquelas pessoas. Só lhes restava pedir para morrer, ou uma pequena esperança de que alguém os ajudasse.

— Calma, minha gente. Não é o fim do mundo. Esta situação não pode permanecer por muito tempo. As "forças opostas", em qualquer lugar do mundo, devem permanecer em equilíbrio. Não se preocupem. Eu vou ajudá-los.

— Como? A feiticeira possui forças sobre-humanas. Suas pragas já destruíram muitas vidas — disse Gomes.

— As forças do bem também são poderosas. Elas são capazes de restabelecer a paz e a harmonia aqui. Acreditem.

As minhas palavras de conforto pareciam não ter surtido efeito. A conversa mudou e já não conseguia prestar atenção nela. O que aquelas pessoas pensavam? Deus realmente se importava com elas. Caso contrário, eu não teria subido a montanha, cumprido os desafios, vencido a Gruta e conhecido a Guardiã. Tudo era sinal de que as coisas poderiam mudar. No entanto, eles não sabiam. Era preciso paciência para convencê-los a me contar a verdade, ou pelo menos a me mostrar um caminho. Terminei de jantar juntamente com Renato. Eu me levantei da mesa, despedi-me e fui dormir. O dia seguinte seria fundamental para meus planos.

UM PASSEIO PELA VILA

Um novo dia amanheceu. O sol surgiu, os pássaros cantaram, e o frescor da manhã envolveu todo o quarto de hotel em que estávamos. Eu me levantei com a disposição de uma onça. Renato já estava desperto. Eu me espreguicei, escovei os dentes e tomei banho. O que ouvi na noite anterior me deixou levemente preocupado. Como Mimoso pode ter sido dominado por uma bruxa má? Em que circunstâncias? O mistério era profundo demais para mim. O cristianismo foi implantado nas Américas no século XVI e desde então tornou-se supremo em todo o continente. Por que, logo ali, no fim do mundo, o mal dominava? Eu tinha que descobrir as causas e os motivos.

Saí do quarto e dirigi-me à cozinha para tomar meu desjejum. A mesa estava posta e pude ver algumas guloseimas como a macaxeira, a tapioca e a batata. Comecei a me servir, pois já me sentia em casa. Os outros hóspedes chegaram também e agiram da mesma forma. Ninguém tocou no assunto da noite anterior, e eu também não me atrevi a fazê-lo. Dona Carmem se aproximou e me ofereceu um chá, que aceitei. Chás são bons para aliviar o coração e fazer o espírito se elevar. Comecei a puxar conversa com ela.

— A senhora poderia arranjar uma pessoa para me guiar em Mimoso? Quero fazer algumas entrevistas.

— Não é necessário, meu caro. Mimoso não passa de um lugarejo.
— A senhora não me entendeu. Quero alguém que tenha intimidade com o pessoal, alguém de confiança.
— Bem, eu não posso acompanhá-lo, pois tenho muitos afazeres. Todos os meus hóspedes trabalham. Mas, tenho uma ideia, procure Felipe, filho do dono do armazém. Ele tem tempo disponível.
— Obrigado pela dica. Sei onde fica o armazém, bem no centro da cidade. Chamarei Renato para irmos juntos.
— Ótimo. Desejo boa sorte para vocês.

Chamei Renato, que ainda estava no quarto do hotel. Esperei ele tomar café da manhã para podermos partir. Será que conseguiria informações bastante precisas sobre o caso de Mimoso? Eu estava ansioso para saber. Renato terminou o café, nós nos despedimos de dona Carmem e finalmente partimos. A praça que ficava ao lado do hotel estava repleta de jovens e crianças. Os jovens se paqueravam, e as crianças brincavam. Fiquei observando toda a agitação ao passar por aquele lugar. Dobrei a esquina em direção ao centro e logo cheguei ao armazém. Um homem de uns cinquenta anos estava no atendimento. Fiz sinal para ele.
— Em que eu posso ajudar?
— Estou procurando por Felipe. Onde ele está, por favor?
— Felipe é meu filho. Um instante que vou chamá-lo. Está no depósito.

O homem se afastou e pouco tempo depois veio acompanhado de um jovem ruivo, magro, esbelto de aproximadamente dezessete anos.
— Eu sou Felipe. O que deseja?
— Dona Carmem o recomendou para me acompanhar em algumas entrevistas. Meu nome é Aldivan, muito prazer.
— Eu lhe acompanharei com muito prazer. Estava mesmo desocupado. Podemos começar pela farmácia, que é aqui ao lado. O dono é profundo conhecedor do lugar, pois está aqui desde a fundação.
— Ótimo. Vamos lá.

Acompanhado de Renato e Felipe, fui até a farmácia onde realizei minha primeira entrevista. O fato de não ser um verdadeiro jornalista me deixou um pouco nervoso e ansioso. Desejei me sair bem. Afinal, subi a montanha, venci três desafios e fui aprovado no teste da Gruta. Uma simples entrevista não me derrubaria. Ao chegar à farmácia, fomos prontamente atendidos. Fomos apresentados ao dono, pedi para entrevistá-lo, e ele concordou. Nós nos retiramos para um local mais adequado, onde pudéssemos ficar a sós e conversar bastante. Iniciei a entrevista timidamente.

— É verdade que o senhor é um dos moradores mais antigos daqui? Como se deu a fundação deste lugar?

— Sim, e não me chame de senhor. Meu nome é Fábio. Mimoso começou realmente a se destacar a partir da implantação da ferrovia. O progresso e a tecnologia moderna chegaram em 1909 com os trens da *Great Western*. Os engenheiros ingleses *Calander*, *Tolester* e *Thompson* assentaram os trilhos da ferrovia, construíram os prédios da estação e assim Mimoso começou a crescer. O comércio foi implantado, e Mimoso tornou-se um dos maiores entrepostos da região, atrás apenas de Carabais. Mimoso está fadado ao crescimento e por isso estou aqui.

— A vida aqui foi sempre tranquila ou tiveram acontecimentos trágicos?

— Sim, sempre foi. Pelo menos até um ano atrás. Desde então ela não foi mais a mesma. As pessoas vivem tristes e não têm esperança. Vivemos numa ditadura. A carga de impostos é muito alta, não temos liberdade de expressão e temos que render votos às forças ocultas. A religião para nós tornou-se sinônimo de opressão. Os nossos deuses são cruéis, querem sangue e vingança. Perdemos o verdadeiro contato com o Deus Pai, verdadeiro e único.

— Conte-me sobre o que aconteceu um ano atrás.

— Não quero nem posso falar sobre a tragédia. É muito doloroso.

— Por favor, eu preciso desses dados.

— Não. Minha família sofreria se eu contasse. Os espíritos podem ouvir tudo e contar a Clemilda. Não me arriscaria tanto.

Insisti, reinsisti, mas ele se tornou irredutível. O medo tornou-lhe um ser covarde e mesquinho. Ele se retirou do local sem maiores explicações. Fiquei sozinho, inquieto e cheio de dúvidas. Por que temiam tanto essa feiticeira? De que tragédia ele falava? Eu precisava desses dados para conhecer o terreno em que eu estava pisando. Eu era o Vidente, superdotado de dons, mas não devia facilitar. Se essa tal de Clemilda dominava as forças ocultas, seria uma adversária e tanto. A magia negra é capaz de atingir qualquer ser humano, mesmo os melhores.

O encontro das "forças opostas" podia destruir o universo, e isso não estava nos meus planos. Era preciso cautela nesse momento. O que estava claro para mim é que o equilíbrio das "forças opostas" estava rompido e era minha missão reatá-lo. Mas para isso seria necessário ter ciência de toda a história. Retirei-me do local em que estava com esse pensamento. Encontrei Renato e Felipe e partimos para novas entrevistas. Esperava ter sucesso.

Um tempo depois, conclui minha investigação ficando totalmente frustrado após as entrevistas. Não consegui obter os dados que eu precisava. Que espécie de jornalista era eu? Achei que eu deveria ter feito um curso de jornalismo. Todos os entrevistados, o padeiro, o ferreiro, repetiram o que eu já sabia. Renato e Felipe tentaram me consolar, mas eu não me perdoei. Agora estava perdido, num fim de mundo, onde as comodidades da civilização não chegaram. A única informação que eu tinha é que Mimoso era dominada por uma bruxa má.

O grito que ouvi na Gruta do Desespero ainda me deixava zonzo: quem precisava tanto da minha ajuda? Foi graças a esse grito e auxiliado por meus poderes que cheguei a Mimoso através de uma viagem no tempo. Os objetivos dessa viagem ainda não estavam claros para mim. A Guardiã tinha falado em reunir as "forças opostas", mas eu não tinha ideia de como fazer isso. O que eu sabia é que eu ainda não tinha total controle sobre minhas "forças opostas", e isso me angustiava cada vez mais.

Bem, mas não era hora de desanimar. Eu ainda tinha vinte e oito dias para resolver essa questão. O melhor agora era voltar ao hotel e reunir forças, pois eu precisaria delas. Renato e Felipe me acompanham e no caminho nos conhecemos melhor. Eles eram realmente bons. Não me sentia tão sozinho num lugar dominado pelo plano inferior e cheio de mistérios.

O CASTELO NEGRO

Estávamos no terceiro dia após a viagem no tempo. O dia anterior não deixara boas saudades. Após as entrevistas, decidi passar o resto do dia no hotel encontrando a mim mesmo. Este era o meu ponto de partida, encontrar-me para resolver questões importantes. Renato ainda não havia me auxiliado o bastante até agora. Imaginei que a Guardiã se enganara ao enviá-lo comigo. Afinal, ele era apenas uma criança e como tal não tinha muitas responsabilidades. Minha situação era totalmente diferente. Eu era um jovem de 26 anos, assistente administrativo, licenciando em Matemática e com muitos objetivos. Eu não tinha tempo para pensar no amor ou em mim mesmo, pois estava em missão, mesmo que eu não soubesse exatamente qual era ela. A única certeza que eu tinha era a de que eu subi a montanha, venci os desafios, encontrei a jovem, o fantasma, o menino e a Guardiã, e passei no teste da Gruta. Eu me transformei no Vidente, mas isso não era tudo. Eu tinha de vencer os desafios da vida continuamente.

Bom, um novo dia amanheceu e, com ele, novas esperanças. Eu me levantei, tomei um banho e meu café, escovei os dentes e me despedi de dona Carmem. O dia anterior me despertara a ideia de conhecer minha inimiga de perto e arrancar dela as informações. Era a única saída. Saí à rua, vi a pracinha e todos que estavam sentados em seus bancos. Eles agiram normalmente como se estivessem numa comunidade como qualquer outra. Eram mesmo conformados. O ser humano acostuma-se a tudo com o tempo, até mesmo com a desgraça.

Continuei a caminhar. Dobrei a esquina, encontrei algumas pessoas e permaneci firme em minha resolução. Os desafios da Gruta me ajudaram a perder o medo em quaisquer circunstâncias. Encontrei três portas que representavam o medo, o fracasso e a felicidade. Escolhi a felicidade e desprezei as demais. Eu estava pronto para novos desafios. Dobrei outra esquina e me aproximei do lado oeste da vila. Ali havia um castelo de grande extensão, um prédio imponente composto por duas torres principais e uma secundária. A residência era de alvenaria pintada de negro. Péssimo gosto, típico de uma vilã. Meu coração acelerou-se e meus passos também. O futuro de Mimoso dependia da minha atitude. Estavam em jogo vidas inocentes, e eu não permitiria mais injustiças. Espalmei minhas mãos para chamar a atenção de alguém da casa. De lá de dentro saiu um rapaz robusto, alto e moreno.

— O que deseja?

— Vim falar com dona Clemilda.

— Ela está ocupada agora. Venha outra hora.

— Espere um momento. É importante. Sou repórter do Diário da Capital e vim fazer uma reportagem especial com ela. São apenas cinco minutinhos.

— Repórteres? Bem, acho que ela gosta de repórteres. Vou anunciar.

— Não precisa. Permita que eu entre com você.

O homem fez um sinal que entendi como um sim e comecei a subir os inúmeros degraus que davam acesso à porta principal. Um calafrio percorreu-me o corpo e vozes insistentes pediam para que eu não entrasse. Um gato passou por mim e me mostrou garras ferozes. Rezei interiormente para que Deus me desse forças para suportar toda a situação. O rapaz me acompanhou e entramos. A porta dava acesso a um grande salão, ornado de cores e de vida. No lado direito do acesso havia mais três compartimentos. No centro, imagens de santos de chifres, caveiras e objetos pecaminosos. No lado esquerdo, quadros com pinturas esquisitas. O cenário era de horror e não consigo descrevê-lo completamente. As forças negativas dominavam o lugar e fiquei zonzo por causa do encontro das "forças opostas". O homem parou em frente a um dos compartimentos e bateu à porta. A porta se abriu, a fumaça subiu, e uma mulher negra, de uns quarenta anos, gorda, com traços firmes e seguros, apresentou-se.

— A que devo a honra do Vidente em pessoa me visitar?

Ela fez sinal e dispensou o homem. Sua atitude me deixou perplexo. Como ela me conhecia? Será que sabia sobre a montanha e a Gruta? Que estranhos poderes aquela mulher possuía? Essa e muitas outras perguntas passaram em minha mente naquele momento.

— Vejo que me conhece. Então deve saber por que eu vim aqui. Quero saber sobre a tragédia e como você dominou um lugar tão pacato.

— Tragédia? Que tragédia? Não aconteceu nada disso aqui. Apenas modifiquei o lugar para ele se tornar mais aprazível. As pessoas com sua falsa felicidade me deram nos nervos e resolvi mudar. Mimoso tornou-se minha propriedade e nem mesmo você pode fazer nada a respeito. Os seus poderes de vidente são poeiras debaixo dos meus.

— Todo vilão é presunçoso e orgulhoso. Nós dois sabemos que essa situação não pode durar muito tempo. As "forças opostas" devem permanecer em equilíbrio em todo o universo. O bem e o mal não podem se enfrentar, pois o universo correria o risco de desaparecer.

— Não me importo com o universo nem com as pessoas! Elas não passam de insetos. Mimoso é meu domínio, e você deve respeitar isso. Se você se opuser, sofrerá. Só preciso de uma palavra com o major e mando lhe prender.

— Você está me ameaçando? Não tenho medo de ameaças. Sou o Vidente que subiu a montanha, realizou três desafios e venceu a Gruta.

— Fora daqui, antes que eu o cozinhe no meu caldeirão. Estou cheia de sua bondade. Ela me dá nojo.

— Eu vou, mas nos encontraremos outras vezes. O bem sempre prevalece no fim.

Mais do que depressa, saí de sua presença e me dirigi à porta. Antes de sair, ainda ouvi suas pilhérias. Ela estava realmente furiosa. Permaneci sem resposta, sem rumo e sem um sinal. O encontro com Clemilda não tinha cumprido o seu objetivo.

AS RUÍNAS DA CAPELA

Ao sair do castelo negro, resolvi tomar um outro caminho. Queria conhecer melhor a vila e as pessoas. Caminhando rumo ao leste, encontrei algumas e tentei puxar conversa. No entanto, elas me evitavam. A desconfiança era grande, pois eu era uma pessoa desconhecida, repórter e jovem. Elas não conheciam minhas verdadeiras intenções. Eu queria salvar Mimoso, encontrar alguém e reunir as "forças opostas" como pediu a Guardiã. Mas para isso seria necessário me apropriar da história do lugar e conhecer exatamente todos os meus inimigos. Eu teria que descobrir tudo isso o mais rápido possível, pois eu tinha um prazo a cumprir. A subida à montanha, os desafios, a Gruta, tudo me dera um conhecimento necessário de como era a vida e as pessoas diante dela. Estava na hora de colocar em prática o que eu aprendera. Dobrei a esquina e poucos metros à frente me deparei com um monte de entulho.

Pensei na falta de organização do lugar e das pessoas. O lixo convivia livremente com a sociedade, podendo transmitir doenças e servir de criadouro de animais e insetos nocivos ao homem. Eu me aproximei mais para ver melhor a calamidade do lugar. Espere. Havia algo diferente nesse lixo. Quase desenterrado, pude ver um enorme crucifixo de madeira como se fosse de uma capela. Retirei melhor o lixo ao redor e pude ver claramente que era um crucifixo. Ao tocá-lo, uma onda de calor percorreu todo o meu corpo e comecei a ter visões. Vi sangue, sofrimento e dor. Por um momento eu me vi naquele local, participando de acontecimentos de outrora.

Retirei minha mão do crucifixo. Ainda não estava preparado. O Vidente precisa de um tempo para absorver tudo o que sentiu em menos de três segundos.

O crucifixo, de certa forma, aumentou meus poderes, e comecei a sentir a ação da força oposta à minha.

A ORDEM

A minha visita à temida feiticeira das trevas denominada Clemilda não a tinha deixado nada contente. Ela nunca tinha sido contrariada. O seu domínio era total e irrestrito sobre a comunidade de Mimoso. Porém, ela não contava com a ação da força do bem me enviando numa viagem no tempo ao local. Imediatamente após a minha saída do castelo ela se reuniu com seus comparsas, Totonho e Cleide, e foram consultar as forças ocultas. Entraram no compartimento da esquerda situado no salão e levaram como sacrifício um pequeno porco.

A feiticeira pegou um livro e começou a recitar orações satânicas em outra língua, e seus comparsas começaram a sacrificar o pobre animal. Um rastro de sangue encheu o compartimento, e as forças negativas começaram a se concentrar. A iluminação natural do local foi diminuindo e a feiticeira começou a dar loucos gritos. Em pouco tempo, as trevas tomaram conta do recinto, e a porta de comunicação entre os dois mundos foi aberta através de um espelho.

Clemilda se apresentou com reverência ao seu senhor e começou a consultá-lo. Ela era a única naquele recinto que tinha essa capacidade. O oráculo pecaminoso e sua receptora ficaram em plena comunhão durante algum tempo. Os comparsas apenas observavam toda a situação. Finda a reunião, a treva se dissipou, e o local voltou ao seu estado inicial. Clemilda refez-se do impacto da conversa, chamou os ajudantes e disse-lhes:

— Espalhem por toda a comunidade a seguinte ordem: quem der qualquer informação, homem ou mulher, a um sujeito denominado Vidente será extremamente castigado. A sua morte será trágica e marcará sua passagem para o reino das trevas. Essa é a ordem da rainha Clemilda para todo o Mimoso.

Apressadamente os ajudantes de Clemilda foram cumprir a ordem, anunciando a notícia aos moradores da vila, dos sítios vizinhos e das fazendas.

REUNIÃO DE MORADORES

Com a ordem expedida de Clemilda, os moradores ficaram ainda mais reticentes em relação a mim. Fábio, dono da farmácia e presidente da associação de moradores, convocou uma reunião urgente com as principais lideranças do lugar. A reunião foi marcada para as dez horas da manhã no prédio da associação, no centro. Eles iriam deliberar sobre o meu caso.

Na hora marcada, o salão principal do prédio estava inteiramente tomado. Estavam presentes o major Quintino; o delegado Pompeu; Osmar, o fazendeiro; Sheco, o dono do armazém; Otávio, o dono da loja de fazendas; entre outros. Fábio, presidente, iniciou a sessão:

— Bem, meus caros, como é do conhecimento de todos, dona Clemilda baixou uma ordem ontem à tarde. Ninguém deve repassar informações a um sujeito denominado "Vidente" que está hospedado no Hotel da Luz. Vejo que esse indivíduo é muito perigoso e deve ser contido. Ele mesmo tentou arrancar algumas informações de mim, mas não conseguiu. Ele queria saber sobre a tragédia.

— Vidente? Eu ainda não ouvi falar dessa pessoa. De onde ele veio? Quem ele é? O que quer no nosso pequeno lugarejo? — Indagou o major.

— Calma, major. Ainda não sabemos. A única informação que temos é que ele é um forasteiro misterioso. Precisamos decidir o que fazer com ele. — respondeu Fábio.

— Espere aí, pessoal. Que eu saiba, ele não é nenhum criminoso. Meu filho Felipe o acompanhou num passeio à vila e me disse que ele é uma pessoa honesta e do bem. — afirmou Sheco.

— As aparências enganam, meu caro. Se Clemilda baixou essa ordem, esse homem tornou-se um perigo para nós. É preciso interditá-lo o quanto antes. — alertou Otávio.

— Se precisarem dos meus préstimos, estou à disposição. — prontificou-se Pompeu, o delegado.

Uma pequena confusão ocorreu na assembleia. Alguns protestaram. Pompeu levantou-se, consultou o major e disse:

— Vamos prender esse homem. Na prisão nós fazemos todas as perguntas necessárias a ele.

O comboio partiu da associação com o objetivo de me prender. Seria eu um criminoso?

CONVERSA DECISIVA

Eu me afastei das ruínas da capela e comecei a caminhar em direção ao hotel. O meu sexto sentido me dizia que eu estava em perigo. Aliás, desde que cheguei a Mimoso, ele sempre me alertava sobre onde eu estava pisando. Um lugarejo dominado pelas forças ocultas não era uma boa opção de férias. Porém, eu teria de cumprir a promessa feita à Guardiã da montanha: reunir as "forças opostas" e orientar a dona do grito que ouvi na Gruta do Desespero.

Eu não poderia fugir à missão em nenhum momento. Os meus passos aceleraram e logo cheguei ao hotel. Abri a porta, fui à cozinha e encontrei dona Carmem, minha última esperança. Eu sentia coragem e bondade suficientes para me ajudar.

— Dona Carmem, preciso falar com a senhora.

— Diga, senhor Aldivan, o que quer?

— Quero saber tudo sobre a tragédia e a história de Mimoso.

— Meu filho, eu não posso te contar. Não sabe da última? Clemilda ameaçou de morte todos aqueles que derem informações a você.

— Eu sei. Ela é uma cobra. Porém, se não me ajudar, Mimoso afundará cada vez mais e correrá o risco de desaparecer.

— Eu não acredito. Os maus nunca perecem. Essa é a lição que aprendi desde que ela começou a reinar.

O silêncio predominou durante alguns momentos, e eu percebi que, se não dissesse a verdade, não teria resposta alguma. Os meus algozes se preparavam para dar o bote.

— Dona Carmem, escute com muita atenção o que eu vou falar. Não sou jornalista nem repórter. Na verdade, sou um viajante do tempo, cuja missão é restaurar o equilíbrio de que Mimoso tanto precisa. Antes de vir aqui, subi a montanha do Ororubá, realizei três desafios, encontrei a jovem, a Guardiã, o fantasma e o Renato. Ao vencer os desafios, obtive o direito de entrar na Gruta do Desespero, a Gruta que pode realizar os sonhos mais profundos. Na Gruta derrubei armadilhas e avancei cenários que nenhum outro ser humano jamais ultrapassou. A Gruta me transformou no Vidente, um ser capaz de transcender o tempo e a distância para resolver injustiças. Com os meus novos poderes, pude viajar no tempo e chegar até aqui. Eu quero reunir as "forças opostas", ajudar alguém que não conheço e derrubar a tirania dessa feiticeira malvada. Para isso, preciso saber de tudo e sei que você é capaz de me revelar. Você é uma pessoa boa e, como outras daqui, merece ser livre como Deus nos criou.

Dona Carmem sentou-se em uma cadeira e começou a se emocionar. Copiosas lágrimas escorreram sobre o seu rosto, já maduro de sofrimentos. Segurei suas mãos, e nossos olhares se cruzaram por alguns instantes. Por um momento pensei estar na presença da minha própria mãe. Ela se levantou e fez sinal para que eu a acompanhasse. Paramos diante de uma porta.

— Você vai encontrar as respostas de que tanto precisa aqui nesse depósito. É o que eu posso fazer por você. Mostrar o caminho. Boa sorte!

Agradeci e entreguei-lhe um crucifixo abençoado. Ela sorriu. Entrei no depósito, fechei a porta e me deparei com uma multidão de impressos de jornal. Onde estaria o que eu procurava?

VISÃO

Eu me sentei na única cadeira disponível, apoiei-me sobre a pequena mesa e comecei a folhear os jornais que encontrei. Eram todos do período entre 1909 e 1910. Li somente as manchetes, mas não pareciam ter muito a ver com o que eu procurava. Alguns falavam sobre Pesqueira e outros municípios da região, mas os assuntos abordados referiam-se a questões de saúde, educação e política. O que eu realmente estava procurando? Uma tragédia que foi capaz de abalar um pequeno lugar e torná-lo um domínio das trevas. Continuei folheando os jornais e foi uma tarefa cansativa e monótona.

Por que dona Carmem não contou tudo diretamente? Não seria eu digno de confiança? Seria bem mais simples. Voltei a me lembrar da montanha, dos desafios e da Gruta. Nem sempre o caminho mais simples era o mais fácil, o mais claro, o mais palpável. Comecei a entendê-la um pouco. Afinal, ela estava sob o poder de uma feiticeira vil, cruel e arrogante. Ela me mostrou o caminho, como ela mesma disse, e pensei que seria suficiente para vencer, realizar-me e ser feliz. Continuei a folhear os jornais e peguei um malote de 1910. Se bem me lembrava, era esse o ano da tragédia, conforme Fábio me informara na entrevista. Comecei a ler as manchetes e as notícias secundárias. Eu tinha que verificar todas as possibilidades.

Fazia uma hora que eu lia e relia os jornais, mas ainda não havia encontrado nada que chamasse minha atenção. Notícias rurais, esportes e outras seções foi tudo o que eu pude encontrar. A esperança que eu tinha de encontrar a notícia era nesse malote de jornais de 1910 que peguei. Espere. Se aconteceu mesmo essa tragédia, certamente deveria estar num jornal que fora especialmente separado por ter essa notícia bomba. Comecei a vasculhar as gavetas do armário que estava ao lado da mesa. Encontrei diversos jornais de diferentes datas. Um me chamou a atenção. O do dia 10 de janeiro de 1910, que tinha a seguinte manchete: "Christine, a jovem monstro". Acho que encontrei o que procurava. Ao tocar o jornal, um vento frio bateu em mim, meu coração acelerou e, como se fosse uma viagem no tempo, tive a visão da história.

O INÍCIO

O século XX se iniciava e com ele o aparecimento dos primeiros desbravadores das terras situadas a oeste de Pesqueira. Os primeiros que vieram foram o major Quintino e seu amigo, Osmar, ambos originários do estado de Alagoas, que se apossaram de terras que eram de propriedade dos nativos. Estes foram expulsos, humilhados e assassinados. Os dois resolveram não se mudar definitivamente para a região, pois ainda não havia estrutura própria e adequada para eles.

Com o passar do tempo, vieram outras pessoas que reivindicavam lotes para a prefeitura. As terras foram doadas e as primeiras casas construídas. Assim surgiu um aspecto de povoação, que atraiu alguns comerciantes da região interessados em expandir os negócios. Foram implantados um armazém, um posto de gasolina, uma mercearia, uma farmácia, um hotel e uma loja de fazendas. Uma escola primária foi erguida para servir de base intelectual para a população em geral. Mimoso então passava à categoria de vila subordinada à sede Pesqueira.

A FERROVIA

A partir de 1909, os trens da *Great Western* chegavam a Mimoso, trazendo o progresso e a tecnologia para o pacato lugar. Os engenheiros ingleses Calander, Tolester e Thompson foram os responsáveis pelo assentamento dos trilhos e pela construção dos prédios da estação. A influência europeia podia ser observada nas demais construções de alvenaria e no traçado urbano de Mimoso.

Com a implantação da ferrovia, Mimoso (o nome provém do capim mimoso, muito comum na região) tornou-se um centro de relevância comercial e política da região. Situado estrategicamente na divisa do agreste com o sertão, o lugarejo consolidou-se como ponto de embarque e desembarque da produção de muitos municípios de Pernambuco, Paraíba e Alagoas. Além da ferrovia, a estrada de terra que ligava Recife ao sertão passava exatamente em seu centro, contribuindo para o progresso do lugar.

A população de Mimoso foi formada basicamente por descendentes de famílias de origem lusitana. A camada menos favorecida da população era composta por descendentes de origem indígena e africana. O povo de Mimoso pode ser caracterizado como um povo simpático e acolhedor.

MUDANÇA

Com a consolidação da implantação da ferrovia e o consequente progresso que ocorreu em Mimoso, os desbravadores da região (os fazendeiros major Quintino e Osmar) resolveram fixar residência no local com todas as suas respectivas famílias.

Era o dia 10 de fevereiro de 1909. O clima era agradável, o vento era nordeste, e o aspecto da vila o mais normal possível. Um trem surgiu no horizonte, dirigido pelo maquinista Roberto, trazendo os novos habitantes locais vindos do Recife: o major Quintino, sua mulher Helena, sua única filha Christine e sua empregada Gerusa, uma negra da Bahia. Dentro do trem, no compartimento de passageiros, uma inquieta Christine se revelava.

— Mãe, parece que estamos chegando. Como será Mimoso? Será que eu vou gostar?

— Calma, minha filha. Não seja tão ansiosa. Logo você vai descobrir. O importante é que estamos juntos, como uma verdadeira família. Em pouco tempo vamos nos ambientar e arranjar amizades.

O major observava as duas e resolveu entrar na conversa.

— Não se preocupe. Nada vai faltar a vocês. Construí uma bela casa, situada em um dos terrenos de que me apossei. Fica vizinho à vila. Lembrem-se que vocês terão plena liberdade de se relacionar com pessoas de nosso nível social, mas não quero que vocês tenham contato com os imundos ou os muito pobres.

— Que preconceito, papai! No colégio de freiras onde fiquei por três anos me ensinaram a respeitar todo e qualquer ser humano independente de classe social, etnia ou raça, crença ou religião. Nós valemos pelo que temos aqui dentro do coração.

— Aquelas freiras estão desligadas da realidade, pois vivem enclausuradas. Eu não devia ter permitido que você fosse para lá, pois voltou com a cabeça cheia de caraminholas. Ideias de sua mãe, que nunca mais escuto.

— Sempre sonhei que ela fosse freira. Christine foi para mim um grande presente de Deus. Ensinei a ela todos os preceitos da religião que eu conhecia. Quando ela completou 15 anos, enviei-a ao colégio de freiras, pois tinha certeza de sua vocação. No entanto, três anos depois ela desistiu e isso ainda me dói muito. Foi uma das maiores decepções que ela já me deu.

— Era o seu sonho, mamãe, e não o meu. Há infinitas formas de se servir a Deus. Não é necessário que eu seja freira para entendê-lo e compreender sua vontade.

— Claro que não. Vou arranjar um bom casamento para ela. Já tenho alguma ideia. Bem, agora não é o momento para revelar.

O trem apitou dando sinal de que ia parar. O lugarejo surgiu, Christine olhou por uma das janelas todo o aspecto rural do local. Seu coraçãozinho apertou, e ela sentiu um leve estremecimento no corpo. Seus pensamentos se encheram de dúvida com aquela premonição. O que a esperava em Mimoso? Continue acompanhando, leitor.

Christine e Helena, com suas saias-balão, espremeram-se na porta de saída do trem. O major não gostou. Os quatro saíram e provocaram uma certa curiosidade nos demais moradores do local. Eles se portavam com elegância e opulência. O major cumprimentou Rivânio por cortesia. Daí em diante, partiram para sua casa, que ficava localizada no norte da vila.

A CHEGADA AO BANGALÔ

Christine, o major, Helena e Gerusa se aproximaram de sua nova residência. Era uma casa de alvenaria, estilo bangalô, de uns cento e cinquenta metros quadrados de área construída, rodeada por um jardim de árvores frutíferas. Na parte interna havia duas salas, quatro quartos, uma cozinha, área de serviço e um banheiro. Na parte externa, quarto e banheiro de empregada. Os quatro caminharam em silêncio até que o major se manifestou:

— Está aí a nossa casa, que construí alguns meses atrás. Espero que gostem: É espaçosa e confortável.

— Parece-me muito boa. Acho que vamos ser felizes aqui. — disse Helena.

— Eu também espero, apesar do pressentimento que tive. — advertiu Christine.

— Pressentimentos são bobagens. Você vai ser feliz, sim, minha filha. O lugar é agradável, de gente boa e hospitaleira. — assegurou o major.

Os quatro entraram na casa, desfizeram as malas e foram descansar. A viagem tinha sido longa e cansativa. A partir do outro dia iriam se integrar totalmente ao local.

AUDIÊNCIA COM O PREFEITO

Um novo dia surgiu e Mimoso se apresentava com aspectos de qualquer comunidade rural. Os agricultores saíam de suas casas e se preparavam para um novo dia de labuta. Os funcionários do comércio também. As crianças passavam acompanhadas das mães em direção à recém-fundada escola. Os jegues circulavam normalmente, carregando cargas e pessoas. Enquanto isso, no belo bangalô, o major se preparava para sair. Iria para uma audiência em Pesqueira, com o prefeito. Dona Helena ajeitou delicadamente o seu paletó.

— Essa audiência é muito importante para mim, mulher. Senhores de terra importantes estarão lá, como o coronel de Carabais. Eu tenho de reafirmar o meu domínio sobre Mimoso.

— Você vai conseguir, pois é o único nesse lugar com a patente de major da guarda nacional. Foi uma boa ideia comprá-la.

— Claro que foi. Eu sou um homem de estratégia e de visão. Desde que saí de Alagoas e vim para essas bandas, eu só tive vitórias.

— Não se esqueça de pedir um cargo para nossa filha, Christine. Ela tem ficado um pouco à toa. A instrução que ela recebeu no convento é suficiente para ela desempenhar quaisquer atribuições.

— Não se preocupe. Saberei convencê-lo. Nossa filha é inteligente e merece uma boa função. Bem, preciso ir. Não quero chegar tarde à audiência.

Com um beijo, o major se despediu da esposa, Helena. Caminhou em direção à porta, abriu-a e saiu. Seus pensamentos se concentravam nos argumentos que ia utilizar na audiência. Pensava no poder, na glória e na ostentação social que sua patente de major lhe conferia. Sonhava alto. Sonhava em ser compadre do governador e assim conseguir mais favores. Afinal, tudo o que importava para ele era o poder e o futuro da filha, é claro. Os outros se tornavam meros brinquedos em suas mãos.

Ele apressava o passo, pois em cinco minutos o trem com destino a Pesqueira ia partir. Por um momento, prestava atenção nos mais pobres que encontrava no caminho. Ele se arrependeu e virou o rosto para o outro lado. "Um major não pode se misturar com todo mundo", pensou. Os mais humildes e excluídos, para ele, só prestavam no momento do voto. Quando o momento passava, eles perdiam o valor e o major não prestava mais atenção em suas reivindicações ou necessidades. O pobre, na época do coronelismo, era mesmo burro e conformado. O major continuou caminhando e se aproximou da estação de trem. Quando chegou, comprou a passagem e embarcou rapidamente.

No trem, procurou o melhor assento e começou a se lembrar da infância, quando era um pobre menino, do subúrbio de Maceió, que trabalhava como vendedor de doces. Lembrou das humilhações, dos castigos do pai e das brigas com seus irmãos mais velhos. Tempo que ele queria esquecer, mas a memória teimava em lembrá-lo.

Sua lembrança mais forte era a da briga com a madrasta, da faca que empunhou para matá-la. Veio sangue, grito, clamor e a fuga de casa. Virou um mendigo e, pouco tempo depois, conheceu as drogas, o alcoolismo e a marginalidade. Ele se afundou nesse mundo por cerca de cinco anos, até que um belo dia apareceu uma mulher piedosa e o adotou. Cresceu, tornou-se um homem e conheceu Helena, uma filha de fazendeiros, com quem se casou. Algum tempo depois, tiveram a primeira e única filha, Christine. Eles se mudaram para Recife. Ele comprou a patente de major da guarda nacional e embrenhou-se no interior à procura de terras. Conquistou as do lado oeste de Pesqueira. Ele se apossou delas e tornou-se um homem mais poderoso, conhecido e respeitado. Ele se sentia um grande homem em todos os sentidos.

A vida o ensinara a ser um homem forte, calculista e vencedor. Ele usaria todas as suas armas para conseguir alcançar todos os seus objetivos. Ainda no trem, observava, bem atrás dele, uma mulher com uma criança no colo. Ele se lembrou de Christine, da sua inocência e meiguice quando pequena. Ele se lembrou, também, do presente de aniversário de Christine, uma boneca de pano. Ele entregou o presente, ela o abraçou e o chamou de pai querido. Ele se emocionou, mas não conseguiu chorar porque os homens não podem fazer isso em público.

A sua pequena Christine agora era uma jovem linda e atraente. Precisaria arranjar um bom casamento e emprego para ela. Pensando nisso, ele adormeceu num cochilo restaurador. O trem balançava, ele acordou e consultou o relógio de bolso para ver que horas eram. Observou que estava próximo da hora da audiência. O trem acelerou, Pesqueira se aproximou, e seu coração ficou mais calmo. Sua cabeça estava agora na audiência e no encontro com seus amigos fazendeiros. O trem deu sinal de que ia parar, e o major ficou em pé para agilizar melhor sua saída. A vida requeria sacrifícios, e ele mais do que ninguém sabia disso. O tempo de menino, sua experiência de vida, o qualificava ainda mais. O trem finalmente parou e ele desceu apressado em direção à sede política municipal.

Eram oito horas da manhã, o gigantesco prédio já estava totalmente lotado. O major entrou, cumprimentou seus conhecidos e sentou-se em uma das cadeiras da frente reservada a sua pessoa. A sessão ainda não começara. A algazarra era geral em plena sede. Uns reclamavam do atraso, outros dos parentes que não conseguiram encaixar na prefeitura. O administrador do prédio tentava, em vão, controlar a situação. Finalmente o secretário do prefeito chegou, pediu silêncio e todos obedeceram. Ele anunciou:

— O senhor excelentíssimo prefeito, Horácio Barbosa, vai falar com vocês agora.

O prefeito entrou, ajeitou a roupa e se preparou para discursar.

— Bom dia, meus queridos compatriotas. É com grande satisfação que os recebo nesta sede que representa o poder e a força do nosso município. É com grande alegria que eu os chamei aqui para falar um pouco sobre o nosso município e empossar os representantes políticos de Mimoso e de Carabais. O nosso município vem crescendo muito no setor comercial e na agricultura. Na divisa do agreste com o sertão, temos Mimoso como principal entreposto comercial. Temos o seu representante político, o major Quintino, aqui presente.

No sertão, temos Carabais que, com sua agricultura familiar, consegue render muitos dividendos para o município. O coronel de Carabais, senhor Soares, também está aqui. O turismo do nosso município também está se desenvolvendo após a implantação da ferrovia. Enfim, o nosso município está crescendo. Por fim, queria chamar aqui, em minha presença, os senhores Soares e Quintino, por favor. Aplausos para eles.

A assembleia, de pé, manifestou os parabéns e os bons votos para os dois.

— Com a minha autoridade de prefeito, eu vos declaro comandantes das suas respectivas localidades. Vossa função é dirigir, com mão de ferro, os interesses públicos. Fiscalizem a arrecadação dos impostos, mantenham a lei e a justiça conforme nossos interesses. Eu prometo ajudá-los em todos os sentidos.

Faixas foram entregues aos dois premiados, e todos bateram palmas. Quintino fez sinal para o prefeito, e ambos se retiraram do palanque. Eles teriam uma conversa particular. Os dois entraram numa sala restrita.

— Bem, Vossa Excelência, eu pedi um pouco do seu tempo, pois tenho duas questões a deliberar com o senhor. Primeiro, quero uma maior porcentagem sobre a arrecadação de impostos. Segundo, um emprego para minha filha, Christine. Como o senhor sabe, Mimoso tornou-se um entreposto comercial de grande importância após a ferrovia e, com isso, os lucros da prefeitura proporcionalmente aumentaram. Quero então tornar-me mais forte e poderoso e, quem sabe, ser seu sucessor. Além disso, quero um bom cargo e um bom salário para minha filha, Christine. Ela tem estado pouco ocupada nos últimos tempos.

— Com relação aos lucros, a sua questão torna-se impossível. A prefeitura tem muitos gastos, e minha administração é transparente e séria. Não posso fazer nada a respeito. Quanto ao emprego, quem sabe posso oferecer a ela o cargo de professora.

— Como é? A sua administração é transparente e séria? É notória a roubalheira que se faz aqui dentro. Lembre-se bem de que eu apoiei o seu governador e consegui para ele uma considerável votação. Se não me conceder o que eu estou pedindo, o apoio será cancelado.

O prefeito calou-se, pensou e repensou em seu gabinete. Fixou o olhar em Quintino e comentou:

— Você é mesmo terrível! Não quero ser um dos seus inimigos. Está bem. Aumento sua porcentagem e consigo o cargo de fiscal de impostos para sua filha. Que tal?

Um leve sorriso preencheu o rosto do major Quintino. Os seus argumentos tinham sido suficientes para convencer o prefeito. Era mesmo um vencedor e um guerreiro.

— Tudo bem. Aceito. Obrigado por sua compreensão, Vossa Excelência.

Quintino despediu-se e retirou-se da sala em que se encontrava. A audiência foi dada por terminada e todos se retiraram do local.

REUNIÃO DE FAZENDEIROS

Após o término da audiência, os principais "senhores de terras" do município de Pesqueira naquela época reuniram-se em um bar próximo ao local onde estavam. Entre eles, o coronel de Sanharó (senhor Gonçalves), o coronel de Carabais (senhor Soares) e o major Quintino, de Mimoso. Eles conversavam alegremente sobre poder, força e prestígio.

— A implantação da ferrovia foi mesmo uma grande cartada do governo. Estimulou a produção e a comercialização de nossas riquezas. Pesqueira já se destaca em âmbito estadual. Os seus distritos se tornaram referência nos mais diferentes gêneros. Mimoso, por exemplo, tornou-se ponto estratégico comercial de grande relevância. Já posso ver, em minhasmãos, todas as vantagens que conseguirei, aproveitando-me dessa situação. Riquezas, ostentação social, poder político e comando irrestrito. Os meus inimigos não terão trégua, pois eu os tratarei a ferro e fogo. A minha prensa já está preparada para os rebeldes – asseverou major Quintino.

— No caso de Carabais, a implantação da ferrovia não afetou as nossas finanças simplesmente pelo fato de que ela não corta o nosso distrito. Os técnicos do governo acharam por bem desviá-la um pouco antes da entrada da vila. O solo não era adequado para a implantação dos trilhos. O nosso distrito, mesmo assim, é um polo agrário de extrema importância. Os nossos produtos são exportados até para os estados vizinhos. Como coronel, eu domino a região e sou respeitado. Aqueles que são meus inimigos não sobrevivem durante muito tempo.

— A implantação da ferrovia em Sanharó foi importante, mas não é a única fonte de rendimento. A agropecuária é forte e nos destacamos em nível estadual. O nosso leite e a nossa carne são de primeira qualidade e nos dão bons rendimentos. Quanto a meus inimigos, eu lhes trato da mesma forma que vocês. Nós precisamos manter o poder do coronelismo.

— Isso é verdade. Esse sistema deve ser mantido para o nosso próprio bem. O voto de cabresto, as fraudes, a rede de favores, tudo nos beneficia. O nosso poder e a nossa força advêm da tortura, da pressão e da intimidação. O Brasil é uma grande estrutura de poder, onde apenas os mais fortes sobrevivem. Desde o Sudeste, onde os ricos cafeicultores dominam, até o Nordeste dos coronéis, o sistema é o mesmo. Mudam apenas os nomes e as situações. Temos que manter o povo quieto e conformado, pois isso é o melhor para as nossas ambições e objetivos — afirmou o major.

— Concordo plenamente e, para manter o povo quieto e conformado, é necessário manter a crueldade, a opressão e o autoritarismo. O povo deve ter medo de nós. Caso contrário, perdemos o respeito e nossas regalias. O mundo é injusto mesmo, e nós devemos fazer parte da pequena parte da população que é vencedora. Se, para vencer, for necessário matar, humilhar e derrubar preceitos e valores, é isso o que nós faremos — revelou o coronel de Carabais.

A conversa continuou animada sobre mulheres, hobbies e outros assuntos. Eles passaram cerca de duas horas conversando. O major Quintino se levantou, cumprimentou os demais e se despediu. O trem que fazia a linha Pesqueira Mimoso estava prestes a partir.

VOLTA PARA CASA

O major apressou o passo em direção à estação ferroviária de Pesqueira. O trem já estava estacionado, esperando o momento certo para partir. Ele foi à bilheteria, comprou a passagem, distribuiu gorjeta e partiu em direção ao trem. Embarcou, reclamou da demora do cobrador em atendê-lo e se sentou. O trem deu sinal de que ia partir, e o major se concentrou em seus planos. Ele se via prefeito de Pesqueira, compadre do governador e avô de pelo menos cinco netos, filhos de Christine e de um genro que ele arranjaria. Afinal, um homem só se realiza se casar os seus filhos. O trem partiu e, com ele, o major sonhador.

O ritmo do trem era bastante regular. Os passageiros sentiam-se tranquilos e confortáveis. Um funcionário ofereceu sucos e lanches aos passageiros. O major pegou um salgado, mastigou e imaginou como era bom o gosto da vitória e do sucesso. Ele tinha ido a uma audiência e voltava com seus planos concretizados. Ele teria direito a uma maior porcentagem dos impostos e a um bom emprego para a filha. O que mais ele queria? Era um homem realizado, feliz em seu casamento e com uma linda filha. Tinha a patente de major da guarda nacional que comprara, e isso lhe dava o direito de dominar politicamente Mimoso.

Para fazê-lo mais feliz, só se fosse coronel, compadre do governador e casasse a filha com um genro ideal. Isso o realizaria completamente.

O tempo passou, e o trem se aproximou mais da pequena Mimoso, seu curral eleitoral. Estava ansioso para contar as novidades para as duas mulheres de sua vida. O seu coração acelerou, um vento frio bateu em seu corpo, pois subitamente o trem mudara de ritmo.

"Não deve ser nada", pensou. O ritmo do trem voltou ao normal e ele se acalmou. Mimoso se aproximava cada vez mais. Por um momento, pensou que o mundo podia ser mais justo se todos fossem vencedores como ele. Tentou se desviar desse pensamento. Aprendera desde criança o que a vida era e sabia que ela não mudaria de uma hora para outra. Ainda tinha as marcas de seu sofrimento, os castigos do pai, a briga com os irmãos mais velhos, o assassinato que cometera. A sua memória guardava lembranças intactas daquela época. Lembranças que, se pudesse, jogaria no lixo, num buraco bem fundo.

O trem apitou, era um sinal de que ele ia parar. Os passageiros ajeitaram os cabelos e a roupa. O trem parou, e todos desceram, inclusive o major. O desembarque foi tranquilo, e ele era só sorrisos. Afinal, voltava vitorioso de Pesqueira.

O ANÚNCIO

Ao descer do trem, o major se dirigiu à estação e cumprimentou Rivânio, perguntando se estava tudo bem. Ele respondeu que sim, o major se despediu e partiu em direção a sua casa. No meio do caminho, encontrou algumas pessoas e cumprimentou-as por educação. Apressou os passos e, em alguns minutos, aproximou-se de sua residência. Ao chegar, entrou sem cerimônia e encontrou Gerusa limpando a casa e mandou chamar as duas mulheres de sua vida. Elas chegaram, o abraçaram e beijaram. O major pediu para que elas se sentassem, e foi obedecido prontamente.

— Acabo de chegar da audiência que tive em Pesqueira e as notícias não podiam ser melhores. Primeiramente, ficarei com uma maior porcentagem sobre os impostos que eu recolher. Segundo, arranjei o emprego de fiscal de impostos para minha amada filha, Christine. O que acham?

— Sensacional. Tenho orgulho de ser esposa de um homem de fibra como você. Vamos ficar cada vez mais ricos e poderosos.

— Fico feliz por você, papai. Não acha que o emprego de fiscal de impostos é um pouco masculino para mim?

— Não ficou feliz, filha? É um ótimo cargo e com remuneração adequada. Não creio que seja emprego para homens. É um cargo de alta confiança que só você pode desempenhar.

— É claro que é um ótimo cargo. Como mãe dela, eu aprovo sem reservas.

— Está bem. Vocês me convenceram. Quando começo?

— Amanhã mesmo. Sua função é acompanhar e fiscalizar o coletor oficial de impostos, Cláudio, filho de Paulo Pereira, dono do posto de gasolina. Ele é responsável e honesto, mas é como diz a história: a oportunidade é quem faz o homem.

— Acho que vai ser bom para mim. É uma ótima oportunidade para conhecer gente e fazer amizades.

O major se retirou e foi tomar banho. Christine voltou ao tricô que estava fazendo antes do pai chegar, e Helena foi à cozinha dar ordens à empregada. O dia seguinte seria o primeiro dia de trabalho de Christine.

O PRIMEIRO DIA
DE TRABALHO

Um novo dia surgiu. O sol brilhava, os pássaros cantavam e a brisa da manhã envolvia todo o bangalô. Christine acabara de acordar depois de um sono profundo e revigorante. O sonho que tivera na noite anterior a deixara profundamente intrigada. Sonhara com o convento e com as freiras que aprendera admirar durante os três anos de sua vida dedicada à religião. Elas participavam de seu casamento. O que isso queria dizer? Não estava em seus planos casar-se naquele momento. Era jovem, livre e cheia de planos.

Seu sentimento de autoproteção clamava dentro dela. Não, realmente não estava preparada para se casar. Espreguiçou-se calmamente em sua cama e observou a hora. Estava próximo das 6h30 da manhã. Levantou-se, bocejou e dirigiu-se ao banheiro de uma suíte. Entrou, abriu o chuveiro, e a água fria a transportou para os tempos de convento. Lembrou-se do jardineiro e do filho que trabalhavam lá que tanto a cativaram. Começaram as brincadeiras, os passeios e, em pouco tempo, ela descobrira que estava apaixonada. O contato continuou com o filho do jardineiro e um belo dia uma das freiras a pegou beijando-o. A madre superiora foi consultada, as suas malas foram feitas e ela foi expulsa do convento. Nesse dia ela sentiu um grande alívio. Alívio de não estar mais mentindo para si mesma nem para a vida.

O contato com o filho do jardineiro foi desfeito, ela o esqueceu e partiu para casa. Seu pai e sua mãe a receberam em casa com surpresa. Decepcionou a mãe e deu novas esperanças ao pai, que queria vê-la casada e com filhos. O tempo passou e ela não se apaixonou mais. Aprendeu a fazer tricô e a bordar para passar melhor o tempo. Agora estava empregada como fiscal de impostos por influência do pai. Ela se sentia ansiosa e nervosa com a nova situação. Desligou a água fria, ensaboou-se e começou a imaginar seu novo companheiro de trabalho, Cláudio. Imaginou um moço alto e loiro. Gostou do que imaginou e continuou tomando banho. Limpou o corpo com força como se tirasse impurezas da alma. Desligou o chuveiro e vestiu duas toalhas, uma maior sobre o corpo e uma menor sobre a cabeça. Saiu da suíte e dirigiu-se para a cozinha a fim de tomar café. Ela se sentou, serviu-se de bolos e macaxeiras, pediu bênção ao pai e à mãe. O major começou a puxar conversa.

— Está animada, minha filha? Espero que se dê bem no seu primeiro dia de trabalho. Você aprenderá muito com Cláudio. Ele é um ótimo coletor de impostos.

— Sim, estou. Não vejo a hora de começar a trabalhar, pois o tricô e o bordado não me distraem mais como antigamente. Esse trabalho serviu como uma luva para minhas mãos, apesar de eu achar que ele é um pouco masculino.

— Outra vez essa história? Não vê que magoa o seu pai com essas insinuações? Ele faz tudo por você.

— Desculpem-me os dois. Sou um pouco teimosa em algumas ideias.

Christine acabou de tomar café, despediu-se com um beijo nas faces dos pais e caminhou para a porta. Abriu a porta e se dirigiu para o posto de gasolina. No meio do caminho dúvidas a assaltaram. Será que Cláudio é um troglodita? Será que a respeitará no trabalho? Ela não sabia nada sobre ele a não ser que era filho de Pereira e tinha duas irmãs, Fabiana e Patrícia. Continuou caminhando e, à medida que se aproximava do posto, sentia-se mais ansiosa e nervosa. Parou e respirou um pouco. Buscou inspiração no universo, na natureza e no seu íntimo tão perturbado. Lembrou-se dos ensinamentos que aprendera no convento, das freiras e seu modo tão distinto de ver a vida. O período de três anos de recolhimento espiritual que tivera parecia não ter sentido agora. Estava a ponto de conhecer novas pessoas, um novo ofício e, quem sabe, isso mudaria o seu modo de ver as pessoas e a vida. Era o que descobriria com o passar do tempo.

Retomou a caminhada. Uma nova força revigorante lhe preencheu o ser e lhe deu mais ânimo. Tinha que ser corajosa como no momento que enfrentou a madre superiora do convento e confessou-lhe que estava completamente apaixonada. Arrumaram suas malas, ela foi expulsa e nesse momento parecia que tinham tirado um peso de sessenta quilos das suas costas. Ela se mudou da capital e agora estava residindo no fim do mundo, sem amigos e sem nenhuma comodidade. Teria que se acostumar. Alguns minutos se passaram e ela se aproximou do posto. Estava a poucos metros dele. Ajeitou os cabelos e a roupa para causar uma boa impressão. Respirou uma última vez, entrou e se apresentou:

— Eu sou Christine Matias, filha do major Quintino. Procuro Cláudio, o coletor de impostos. Ele está?

— Meu filho foi fazer uma rápida refeição em uma lanchonete aqui perto. Vou mandar chamá-lo. Essas são minhas filhas, Fabiana e Patrícia, e eu sou o senhor Pereira.

Christine os cumprimenta com beijos no rosto.

— Então você é a famosa Christine? Olha, que eu ainda não a tinha visto. Você deve sair raramente de casa, e isso não é bom. Bem, a partir de agora, podemos ser amigas e sair juntas — disse Fabiana.

— Eu também tenho um grande prazer em conhecê-la. Fabiana e eu vamos ser realmente suas amigas, pode acreditar.

— Obrigada. Também me alegro em conhecê-las. Bem, eu não saio muito de casa porque meus pais me controlam. Eles acham que a filha do major tem que ser um pouco reservada. Eles são superprotetores.

— Bem, isso vai mudar. Pode se considerar parte da nossa turminha. Nós somos os jovens mais doidões do pedaço — assegurou Fabiana.

— A nossa turminha é ótima. Você vai adorar fazer parte dela — acrescentou Patrícia.

— Obrigada por me convidar para participar da sua turma. Acho que um pouco de entrosamento e amigos não me farão mal.

A conversa continuou animada durante alguns instantes. Cláudio chegou de mansinho e se deparou com Christine. Seus olhares se cruzaram e, nesse instante mágico, parecia que só existem os dois no universo. Os corações de ambos se aceleraram ao se conhecerem, e um calor interno percorreu ambos os corpos.

— Meu pai me chamou aqui. Quer dizer que você é a garota que vai me fiscalizar? Bem, acho que não vou me sentir tão incomodado.

O elogio deixou Christine um pouco sem graça. Ela nunca encontrara homens tão diretos.

— Meu nome é Christine, sou filha do major. Sou sua nova companheira de trabalho. Podemos começar? Estou ansiosa por isso.

— Claro que sim. Meu nome é Cláudio. Está mesmo na hora de começar o expediente. O primeiro estabelecimento comercial que vamos visitar hoje é o açougue. Faz três meses que o dono não paga impostos, e precisamos dar uma prensa nele. Acho que sua presença vai ajudar.

— Então vamos. Foi um prazer conhecê-las, Fabiana e Patrícia. Até logo.

As duas acenaram com a mão em sinal de despedida. Cláudio e Christine partiram juntos em direção ao açougue. O pensamento de Christine se elevou e, intimamente, definiu-se como uma boba por ter idealizado tanto Cláudio. Ele não era nada parecido com o que imaginara, mas tinha mexido interiormente com ela. A sensação que tivera ao conhecê-lo era diferente de tudo que já experimentara. O que era isso? Ela não sabia definir, mas era algo forte e duradouro. Os dois caminharam lado a lado, e Cláudio tentou puxar conversa com ela.

— Christine, conte-me um pouco sobre você. Você é de Recife, certo?

— Não. Eu morei em Recife por dez anos. Na verdade, sou alagoana. A minha infância foi praticamente toda lá.

— Você já teve namorado?

— Tive um, mas foi há algum tempo. Eu ia ser freira. Passei três anos de minha vida enclausurada num convento, tentando encontrar um sentido para minha vida. Quando percebi que não tinha vocação, saí e voltei para casa dos meus pais.

— Seria um belo desperdício se você fosse freira, com todo respeito. Nada contra a religião, mas a entrega total a Deus exige demais de uma pessoa.

— Bem, isso já é passado. Tenho que me concentrar na minha nova vida e nos meus afazeres.

A conversa subitamente parou e os dois continuaram a caminhar. O vaivém de pessoas era constante no centro. Mimoso tinha se tornado um centro regional depois da implantação da ferrovia. Vinha gente de todos os lugares da região para visitar e fazer compras em seu comércio. O açougue se aproximava e Christine mal podia conter-se. Ela não sabia como agir. Afinal, era filha do major e tinha que dar exemplo. O cargo de fiscal de impostos iria expô-la muito. Finalmente chegaram e Cláudio abordou o senhor Hélio, dono do açougue.

— Senhor Hélio, viemos aqui para cobrar-lhe os três meses de impostos que o senhor deve. A prefeitura precisa de sua contribuição para investir em educação, saúde e saneamento básico. Cumpra o seu dever de cidadão.

— Eu já não lhe disse que estou sem caixa? O movimento aqui não está bom. Eu preciso de um prazo maior para pagar.

— Não aceito mais desculpas e, se não pagar, terá problemas. Vê essa moça que me acompanha? É filha do major. Ele não está nada satisfeito com sua inadimplência. O melhor que o senhor tem a fazer é pagar e quitar suas dívidas.

Hélio pensou por um instante no que fazer. De relance, olhou para Christine e se convenceu de que ela era mesmo filha do major. Abriu uma gaveta, contra a vontade, retirou um maço de dinheiros e pagou. Os dois agradeceram e se retiraram do estabelecimento. A manhã foi toda de trabalho. Os dois visitaram casas e estabelecimentos comerciais. Alguns contribuintes recusaram-se a pagar, alegando falta de capital. Christine passou a admirar Cláudio pelo seu profissionalismo e pela sua confiança. A manhã passou e o expediente se acabou. Os dois se despediram e voltariam a trabalhar juntos depois de quinze dias.

O PIQUENIQUE

O sol avançava no horizonte e esquentava ainda mais, pois já passava das doze horas. O movimento diminuiu, os agricultores chegaram da roça, as lavadeiras chegaram com suas trouxas que estavam lavando no rio Mimoso, os funcionários públicos foram liberados, as rendeiras deram uma pausa no trabalho e todos já podiam almoçar. Com Christine não foi diferente dos demais e ela também voltou para casa nesse horário. Chegou, abriu a porta principal e se dirigiu à cozinha. Seus pais já estavam presentes, e Gerusa estava servindo o almoço.

— Mil perdões por não esperarmos você para servir o almoço, minha filha, mas é que cheguei cansado e faminto, pois estava em uma reunião de negócios. Mudando de assunto, como foi o seu primeiro dia de trabalho? — perguntou o major.

— Não precisa se desculpar. O meu primeiro dia de trabalho foi longo e cansativo. Cláudio e eu nos esforçamos para convencer os contribuintes a pagar. Porém, alguns se tornaram irredutíveis em suas posições. No geral, foi um bom dia de trabalho, pois aprendi muito. Só não tenho certeza se quero fazer isso pelo resto dos meus dias.

— Diga a Cláudio que quero a relação dos que não pagaram. Eu sou major e não tolerarei mais atrasos.

— Conheceu alguém, minha filha? Fez amigos? — Perguntou dona Helena.

— Sim, algumas pessoas. As irmãs de Cláudio são bastante simpáticas.

Gerusa serviu Christine, e ela começou a se alimentar. Ela permaneceu calada durante esse tempo porque foi educada assim. Gerusa retirou-se da cozinha e dirigiu-se para suas dependências na parte externa da casa. Os três patrões permaneceram fazendo a refeição. Christine terminou de almoçar, levantou-se da mesa e despediu-se dos pais com beijos no rosto. Dirigiu-se à varanda da casa, onde é mais ventilado e tranquilo para fazer seu tricô.

Pegou a renda e começou a tricotar. O movimento de suas ágeis mãos a levou para mundos misteriosos onde só a imaginação pode alcançar. Viu-se namorando com um homem de ombros fortes, bem desenvolvidos e postura firme. Imaginou o seu noivado e posterior casamento. Nesse momento, uma angústia interior a castigou e afligiu. O momento passou e ela se viu mãe de três lindos pimpolhos. Em sua imaginação, o tempo passava velozmente e ela se viu avó e bisavó. A morte sobrevém e ela se viu no paraíso rodeada de anjos e de Nosso Senhor Jesus Cristo.

Suas ágeis mãos continuavam a trabalhar e ela, por um momento, reconheceu no pano que estava trabalhando um rosto conhecido de homem. Balançou a cabeça, e a ilusão passou. O que estava acontecendo com ela? Será que estava louca ou até mesmo apaixonada? Ela não queria acreditar nessa possibilidade. Continuou trabalhando até que ouviu o seu nome ser pronunciado com bastante intensidade. Voltou-se para a entrada do jardim de sua casa de onde partira a voz. Reconheceu Fabiana, Patrícia e Cláudio, acompanhados de alguns outros jovens.

— Podemos entrar, Christine?

— Sim, podem. A casa é de vocês.

Eram exatamente seis jovens que adentraram o jardim da casa. Subiram os degraus que davam acesso à varanda e encontraram-se com Christine. Fabiana cuidou de fazer as apresentações dos desconhecidos.

— Este é meu primo, Rafael, e essas são minhas amigas, Talita e Marcela.

Christine os cumprimentou com beijos no rosto.

— Muito prazer. Se são amigos da Fabiana, também são meus amigos.

— O prazer é todo meu. Cláudio falou muito bem da sua pessoa — disse Rafael.

— Bem, Christine, viemos aqui para convidá-la para um belo passeio no topo da montanha do Ororubá. Nós vamos fazer um piquenique ao ar livre. O contato com a natureza é essencial para o ser humano evoluir e livrar-se dos seus carmas — falou Cláudio.

— Topa, Christine. Você vive muito dentro de casa e isso não é bom — acrescentou Fabiana.

— Nós insistimos — todos repetiram.

— Está bem. Eu vou. Vocês me convenceram. Esperem só um minutinho que eu vou falar com meus pais.

Christine entrou em casa por um momento, mas logo voltou. Ela se reuniu ao grupo e, juntos, combinaram de partir para a misteriosa montanha do Ororubá, a montanha sagrada. Os sete começaram a caminhar em direção a ela, Christine começou a observar Cláudio e concluiu que ele era o típico homem rural, forte, convicto e cheio de charme. O primeiro dia que trabalharam juntos causara nela uma boa impressão, mas ela ainda não sabia o que sentia por ele. Ela só sabia que era um sentimento forte e duradouro. Bem, o piquenique era uma oportunidade para conhecê-lo melhor, pensou. Os sete aceleraram os passos e logo estavam no sopé da montanha. Cláudio, o líder do grupo, parou e pediu para que todos fizessem o mesmo.

— É importante nos hidratarmos agora para não termos problemas depois. A caminhada é longa e exaustiva — preveniu Cláudio.

— Eu ouvi falar que essa montanha é sagrada e possui propriedades mágicas — comentou Talita.

— É verdade. Diz a lenda que um misterioso pajé deu sua própria vida para salvar o seu povo. A partir daí é que a montanha do Ororubá se tornou sagrada. Dizem ainda que um espírito ancestral denominado "Guardiã da Montanha" guarda todos os seus segredos — completou Fabiana.

— Isso não é tudo. Em seu topo localiza-se uma majestosa Gruta que dizem ser capaz de realizar qualquer desejo. Sonhadores de todo mundo a procuram para obter os milagres. No entanto, não há notícia de que alguém sobreviveu a ela — advertiu Patrícia.

— Essas histórias me dão nos nervos. Será que não é melhor voltarmos? — Sugeriu Christine.

— Não se preocupe, Christine. São só histórias. Mesmo que fosse verdade, eu estaria aqui para protegê-la — garantiu Cláudio.

— Cláudio não é o único. Eu também sou homem e estou disposto a ajudá-la, caso necessite — disse Rafael.

— E a mim? Ninguém protege? Também sou uma donzela indefesa. Magoei — reclamou Marcela.

Rafael se aproximou de Marcela e lhe deu um abraço em sinal de que ela não tinha nada a temer. Todos se hidrataram e recomeçaram a caminhada. Christine avançou um pouco mais e se colocou ao lado de Cláudio, na dianteira. Ela se sentia insegura depois de ouvir as informações sobre a montanha. Pensava na montanha, na Guardiã e na Gruta. Intimamente se viu entrando na Gruta e realizando o seu maior desejo naquele momento. Ela também era uma sonhadora como tantos que já tinham perdido suas vidas na Gruta em busca dos seus sonhos.

Bem, era preciso manter os pés no chão, na dura realidade, pois ela era filha do major, e isso restringia muito sua liberdade de ação, com relação a amigos, amores e desejos. Comparativamente, ela se sentia mais livre no convento do que agora.

Cláudio deu a mão a Christine para ajudá-la na subida, pois viu que ela está com dificuldade. O pensamento de Christine se elevou, e ela pensou como seria bom ter um companheiro que lhe apoiasse e fosse leal e sincero, um companheiro como Cláudio. Balançou a cabeça e tentou desviar-se desse pensamento. Era impossível, pois seu pai não permitiria esse tipo de união. Ele era um simples coletor de impostos, e ela, filha do major. Eles viviam em mundos completamente diferentes. O grupo parou mais uma vez a fim de novamente se refrescar. O calor era forte, e o vento tinha pouca intensidade. Estavam na metade do caminho.

— Daqui já é possível ver boa parte de Mimoso. Vê, Christine? Lá está sua casa — apontou Cláudio.

— A vista daqui é realmente privilegiada. Acho que a do topo é ainda mais deslumbrante. A serra de Mimoso nem parece gigante vista daqui — afirmou Christine.

— Acho melhor continuarmos. Não faz sentido ficarmos parados aqui por muito tempo — interrompeu Fabiana.

— Eu concordo. Assim aproveitamos por mais tempo o topo, que é a parte mais importante da montanha — assentou Rafael.

A maioria concordou em continuar a caminhada. Afinal já passava das treze horas. Christine já se sentia um pouco cansada. A subida da montanha era extremamente desgastante para quem não estava acostumado. Ela se lembrou dos constantes desafios a que era submetida no convento, mas nada disso era parecido com a subida de uma montanha que todos diziam ser sagrada. Ela reuniu forças no íntimo do seu ser e esforçou-se para que ninguém percebesse a sua dificuldade.

Cláudio sorriu para ela, e isso a encheu de ânimo, pois, por ele, ela ultrapassaria obstáculos. O amor, essa força estranha, já unia os dois, mesmo sem o contato físico. Por ele, se tivesse a oportunidade, enfrentaria a Guardiã e entraria na Gruta para realizar o sonho de unir-se a ele por todo o tempo de vida que tivessem, mesmo que isso lhe custasse a vida. Afinal, que valor tem a vida se não estamos próximos de quem realmente amamos? Uma vida vazia é semelhante a não ter nenhuma.

O grupo avançou ainda mais e se aproximou do topo. Cláudio tentava disfarçar, mas estava totalmente atraído pela beleza e graciosidade de Christine. Desde o momento que se conheceram, algo mudou em seu ser. Já não conseguia comer direito nem fazer nada sem pensar nela. Pensou em como foi propício a mudança de sua família de Pesqueira para o pujante arruado de Mimoso. Pensou em como o destino foi generoso em ter reunido os dois praticamente no mesmo trabalho.

O piquenique seria uma ótima oportunidade para, quem sabe, cortejar a moça. Tinha esperança de ser aceito, apesar das disparidades entre eles. As dificuldades, os pais preconceituosos eram obstáculos que podiam ser superados. Finalmente o grupo alcançou o topo, e todos comemoraram. Agora só restava encontrar um bom lugar para armar o piquenique. Os integrantes do grupo se dividiram em três frentes para procurar o lugar mais adequado. Alguns minutos se passaram, e uma das frentes deu um sinal, assobiando. O lugar fora escolhido. O grupo novamente se reuniu, e o piquenique foi armado. Cada integrante do grupo contribuíra com algo para compor o banquete.

— Está sentindo, Christine? O canto dos pássaros, o leve sussurrar do vento, a atmosfera rural, o cricri dos insetos, tudo nos leva a lugares e planos nunca antes visitados. Cada vez que venho aqui, eu me sinto uma parte importante da natureza e não dono dela, como alguns pensam — revelou Cláudio.

— É muito bonito mesmo. Aqui, na natureza, eu me sinto um ser humano comum e não a filha do major, e vocês não sabem o quanto é bom isso — confessou Christine.

— Pode aproveitar, Christine. Não é todo dia que se pode fazer isso. Os preconceitos, o medo, a vergonha, tudo isso atrapalha o nosso dia a dia. Aqui nós podemos esquecer, pelo menos por um momento — aconselhou Fabiana.

— Nessa imensidão verde, podemos sentir, ver e entender totalmente o universo. Esse milagre se dá porque a montanha é sagrada e possui propriedades mágicas — contou Talita.

— Também quero dar minha opinião. Nós somos sete jovens que buscam o quê? Eu mesmo respondo. Buscamos aventuras, novas experiências, amizades e até amores. Porém, isso só é possível se estivermos em paz com nós mesmos, com os outros e com o universo. É essa tão almejada paz que encontramos aqui — afirmou Rafael.

— Aqui tudo representa um aprendizado para mim. O ritmo da natureza, a companhia de vocês e o ar puro são lições que devemos levar para os nossos filhos e netos — admitiu Marcela.

— Isto aqui tudo é uma grande comunhão para mim. Uma comunhão de espírito que nos leva a transcender muitas etapas de nossas vidas — falou Patrícia.

Após todos darem sua opinião sobre o que estavam sentindo naquele momento mágico, eles começaram a se servir. O ambiente aconchegante os fez ficar em silêncio durante toda a refeição. Depois de todos terminarem de lanchar, Cláudio anunciou:

— Na verdade, Christine, nós não viemos fazer apenas um simples piquenique. Vamos montar acampamento e passar a noite aqui.

Christine, por um momento, mudou de cor e todos riram. Ela era a única do grupo que não sabia.

— Como? E os perigos da montanha? O meu pai vai me matar se eu passar a noite aqui. Eu vou embora.

— Eu a aconselho a não ir. A Guardiã deve estar à espreita, esperando a melhor oportunidade para atacar — advertiu Fabiana.

— Não se preocupe, Christine. Eu já não disse que a protegerei? Quanto a seu pai, fique tranquila, ele já sabe que passaremos a noite aqui — disse Cláudio.

Christine voltou a ficar tranquila. Era melhor ela permanecer junto do grupo, pois não conhecia a montanha e seus mistérios. Seria realmente uma temeridade se saísse dali sozinha. Quem sabe o que poderia acontecer? Era melhor não arriscar. A tarde avança e todos colaboraram na armação de duas barracas. Elas ficaram prontas em pouco tempo. Cláudio e Rafael saíram para buscar madeira para acender uma fogueira a fim de espantar os animais selvagens que habitavam aquela região. As mulheres ficaram sozinhas no acampamento, limpando o terreno em volta das barracas.

— É ótimo vir aqui, Christine. À noite, todo este lugar fica mais lindo. Depois que jantarmos, você vai ver: é uma zoeira total. Diga-me, não é melhor programa do que ficar em casa? — Perguntou Fabiana.

— Eu também estou gostando, mas vocês deviam ter me avisado que acampariam aqui. Fiquei bastante surpresa.

— Já repararam, meninas, como Cláudio olha para ela e vice-versa? Acho que os dois estão apaixonados.

— São seus olhos, Talita. O Cláudio e eu não temos nada.

— Eu, de minha parte, ficaria muito feliz em ser sua cunhada — disse Patrícia.

— Eu também faço de suas palavras as minhas — assentiu Fabiana.

— Obrigada, amigas. Mas, infelizmente, isso é impossível.

Christine, por um momento, ficou séria e todas pararam com as insinuações. Cláudio e Rafael retornaram com toda a madeira necessária para manter acesa uma fogueira durante toda a noite. Cláudio olhou para Christine, e ela pareceu corresponder. A tarde avançava e começou a escurecer. A fogueira foi acesa enquanto a noite descia. Todos se reuniram ao redor dela, e o jantar foi servido por Fabiana e Patrícia. Todos se alimentaram e ficaram conversando um pouco. Cláudio se afastou do grupo e, quando estava a certa distância, fez sinal para que Christine o acompanhasse. Ela atendeu ao chamado e também se afastou do grupo.

— O que vamos fazer, Christine? Eu e você, juntos, contemplando essas estrelas. Elas parecem ser testemunhas do que nós dois estamos sentindo. Acho que não só elas, mas o universo inteiro.

— Você sabe que é impossível. Meus pais não permitiriam. Eles são muito preconceituosos.

— Impossível? Você diz isso para mim, aqui nesta montanha sagrada? Aqui nada é impossível.

— Mas, mas...

— Não fale mais nada. Deixe o seu coração gritar mais alto como o meu.

Cláudio adiantou-se um pouco e abraçou Christine. Delicadamente, encurvou um pouco o rosto e pacientemente tocou os lábios de Christine com os seus. O beijo iniciou-se e Christine, por um momento, sentiu que estava nas nuvens. Uma multidão de pensamentos penetrou-lhe a mente e perturbou-a em seu beijo. Quando ele acabou, ela se afastou e disse:

— Eu ainda não estou preparada. Perdoe-me, Cláudio.

Christine saiu correndo e voltou para junto do grupo. Cláudio a acompanhou. A fogueira crepitava e todos se aproximaram dela porque o frio era intenso. Rafael estava em pé, ao lado da fogueira, pronto para contar histórias de terror sobre a montanha.

— Era uma vez um sonhador de uma pequena cidade chamada Triunfo, no sertão do Pajeú. Seu nome era Eulálio. O seu sonho era tornar-se cangaceiro e montar seu próprio bando para fazer saques, amealhar riquezas, ter ostentação social e poder, e assim também fascinar e seduzir muitas mulheres. No entanto, ele não possuía a coragem e a determinação necessárias para isso. Ele mal conseguia empunhar uma faca. Em sua terra, ouviu falar da montanha sagrada do Ororubá e sua Gruta milagrosa capaz de realizar qualquer desejo. Ao saber disso, ele não pensou duas vezes, fez as malas para realizar a tão desejada viagem.

Chegou à montanha, conheceu a Guardiã, realizou os desafios e finalmente entrou na Gruta. Porém, o seu coração não era totalmente puro nem os seus desejos eram justos. A Gruta não o perdoou e destruiu sua vida e seus sonhos. A partir de então, sua alma começou a vagar em sofrimento sobre a montanha. Dizem que ele foi visto uma vez por caçadores exatamente à meia-noite. Ele estava trajado de cangaceiro e portava uma grande arma que disparava projéteis fantasmas.

— Quer dizer que ele ficou corajoso depois de morrer? Então a Gruta, em parte, realizou o sonho dele — interrompeu Talita.

— Não é bem assim, Talita. A Gruta destrói a vida do sonhador, mas em compensação deixa a alma com o aspecto que ele desejava ficar. Porém, ele fica como alma penada, no sofrimento — explicou Fabiana.

— Essa é apenas uma história. São inúmeros sonhadores que tentaram a sorte na Gruta e até hoje nenhum conseguiu sobreviver. Por esse motivo é que ela é chamada a Gruta do Desespero — acrescentou Rafael.

— Eu não entraria nessa Gruta por nada. Os meus sonhos, eu realizaria com planejamento, persistência, dedicação e fé — asseverou Marcela.

— Eu entraria por um grande amor. Afinal, não se vive sem correr riscos – admitiu Christine.

— A romântica de sempre. Christine está amando, gente — disse Patrícia.

Todos riram, menos Cláudio. Ele ainda estava ressentido e magoado, pois de certa forma tinha sido rejeitado por Christine. Ele tinha aberto seu coração e seus sentimentos, no entanto, não fora o suficiente para convencê-la de seu amor. Ela falara de preconceito dos pais, mas ela mesma tinha sido preconceituosa. A angústia que sentia no fundo do peito o fez viajar no tempo e lembrar-se de um episódio que acontecera dois anos atrás quando morava em Pesqueira e namorava uma bela loira, a filha do prefeito.

Namorou escondido durante três meses, pois ela tinha medo da reação dos pais. Um belo dia, o pai descobriu e não ficou nada satisfeito. Contratou dois capangas que o chicotearam e o esbofetearam. Foi uma surra que ele jamais esquecera. Era assim que ele se sentia agora, esbofeteado, chicoteado, não pelos pais dela, mas pela própria, pelos seus preconceitos. Porém, ele não desistiria tão facilmente de sua vida e de sua felicidade. Mostraria a Christine o seu valor, e ela compreenderia o quanto tinha sido boba ao perder um precioso tempo.

A noite desceu ainda mais, todos se prepararam para dormir em suas respectivas barracas. A fogueira permaneceu acesa para protegê-los dos animais ferozes da montanha. No entanto, uivos podiam ser ouvidos a uma certa distância. Christine remexeu-se de um lado para o outro, tentando controlar o medo. Era a primeira vez que dormia num local sagrado. O chão duro incomodava ainda mais do que ela pensava. Os uivos continuavam sendo ouvidos e, num dado momento, o ruído de passos também. Christine prendeu a respiração e se desesperou. Será que seria o fantasma do cangaceiro? Ou quem sabe um animal feroz pronto para devorá-la? O ruído de passos continuou em sua direção. Um vento forte bateu na barraca e uma misteriosa mão apareceu na entrada. Ela estava pronta para gritar, mas o homem que apareceu disse:

— Calma, sou eu.

Christine se acalmou e se refez do susto. Reconheceu a voz. Era Cláudio. Mas o que ele estaria fazendo em sua barraca uma hora daquelas? O seu semblante, encoberto pela escuridão da noite, deixava refletir essa dúvida. Cláudio ficou de cócoras e pergunta:

— Eu passei aqui para perguntar-lhe se você já fez o seu pedido.

— Pedido? Que pedido?

— A montanha é sagrada e à meia-noite ela concede um desejo aos corações apaixonados. Eu já fiz o meu e, quer saber, eu pedi que a montanha nos reunisse em amor eternamente.

— Você acredita nisso? Acho que nenhuma montanha vai mudar os planos de meu pai.

— Eu já lhe disse, a montanha é sagrada. Acredite. Ela pode realizar o nosso sonho.

Dito isso, Cláudio juntou suas mãos com as de Christine, e ambos fecharam os olhos. Nesse momento, os dois corações mergulharam em um plano paralelo onde eram felizes e livres. Christine viu-se casada com ele e mãe de pelo menos sete filhos. O breve momento foi suficiente para eles se sentirem um só, interligados com o universo. A corrente foi quebrada, Cláudio despediu-se, e Christine foi tentar dormir naquele chão duro e seco.

A DESCIDA DA MONTANHA

Quando um novo dia amanheceu, Cláudio levantou-se e começou a acordar os demais. Christine foi a última a se levantar. Cláudio e Rafael embrenharam-se na mata para pescar alguns peixes num açude próximo. Seria o café da manhã. Enquanto isso, as mulheres tentaram acender o fogo com o restante de madeira que sobrara. Fabiana quebrou o silêncio.

— Dormiu bem, Christine?

— Não muito bem. O chão duro e seco prejudicou a minha coluna. Minhas costas doem até agora.

— Vida de escoteiro é assim mesmo. Prepare-se, pois ainda teremos muitas aventuras — avisou Talita.

— Gostou do passeio, em geral? — Indagou Patrícia.

— Sim, gostei. A montanha transpira ares de tranquilidade, apesar dos seus mistérios. Adorei o contato com a natureza e a companhia de vocês.

— Nós também gostamos, apesar de não ser a nossa primeira vez. Agora você faz parte de nosso time — disse Patrícia.

— Você se acertou com o Cláudio ontem à noite? — Perguntou Talita.

— Nós resolvemos não iniciar um relacionamento, pois vivemos em mundos totalmente diferentes.

— Com o tempo, vocês se acertam. O amor é mais forte do que as diferenças e, como já disse, terei o maior prazer em ser sua cunhada — afirmou Fabiana.

— Eu também — concordou Patrícia.

— Eu invejo você. O Cláudio é o maior gato. É uma pena ele não estar interessado em mim — disse Talita.

A conversa continuou animada entre as mulheres, mas Christine preferiu não mais participar. Falar sobre o seu amor, Cláudio, doía-lhe na alma, pois pressentia ser um amor impossível. Ela conhecia muito bem os pais e sabia que eles seriam totalmente contra esse relacionamento. A mãe ainda acalentava esperanças de ela voltar ao convento, e o pai queria vê-la casada com um marido do seu nível social. Ambas as opções excluíam Cláudio de sua vida, mas ao mesmo tempo o seu coração apaixonado gritava por ele, só queria ele. Eram as suas duas "forças opostas" que ela teria que conciliar ou até mesmo optar. "Forças opostas" que invadiam o seu coração e ainda a deixavam em dúvida.

Cerca de trinta minutos depois de saírem, Cláudio e Rafael voltaram com uma quantidade razoável de peixes. O fogo já estava aceso, e os peixes foram colocados para grelhar. Os peixes foram completamente assados e distribuídos entre os integrantes do grupo. Cláudio comentou:

— Nós estávamos pescando e, de repente aparece uma velha senhora pedindo alguns peixes para sua refeição. Eu os dei, ela em agradecimento me abençoou e disse que eu ia ser muito feliz. Eu não conhecia aquela senhora. Nunca a vi por essas bandas. Ela tem um olhar que me deixou intrigado, como se soubesse o futuro.

— Quem sabe ela não é a Guardiã? A lenda não diz que ela habita a montanha? — Questionou Fabiana.

— Pode ser. Foi o que eu pensei logo quando a vi — respondeu Rafael.

— Então você tem muita sorte, meu irmão. São poucas as pessoas que conseguem alcançar a felicidade — asseverou Patrícia.

— Ela era realmente estranha. Senti um arrepio quando dei os peixes para ela — revelou Cláudio.

— Eu sou prática. Até acredito que a montanha seja sagrada pelas experiências que vivi aqui. Mas daí a acreditar em guardiãs e em grutas que realizam milagres é muito chão. Daqui a pouco, vocês vão me convencer que existem fantasmas e duendes — disse Talita.

— Se eu fosse você, não duvidava. O Cláudio é um homem sério e não é de mentiras — interveio Marcela.

— Eu também acredito nele. No convento me ensinaram a conhecer as pessoas pelo olhar, e o Cláudio foi totalmente sincero ao falar da Guardiã. Ele é realmente privilegiado por ter tido um encontro com ela — afirmou Christine.

O silêncio reinou nos instantes seguintes no acampamento, e os integrantes do grupo terminaram de comer seus peixes. Cláudio e Rafael desarmaram as barracas, e as mulheres recolheram os objetos que tinham trazido. O grupo reuniu-se em oração, agradecendo os momentos vividos na montanha e iniciaram a caminhada de volta ao lugarejo onde viviam.

Cláudio ofereceu gentilmente sua mão a Christine e ela aceitou. A descida da montanha era perigosa para principiantes. O contato físico com Cláudio estremeceu ainda mais o coração de Christine. Aquele homem a estava deixando louca, tanto que quase esquecia as convenções sociais quando estava junto dele na montanha. Foram momentos que tinham o poder de levá-la a planos paralelos, onde ninguém podia alcançar. Ela tinha se sentido realmente feliz nesses instantes. Porém, ao descer da montanha, ela teria que abandonar seus sonhos de fantasia e encarar a dura realidade.

Uma realidade em que ela era a filha de um major corrupto, autoritário e irredutível. Fora isso que a segurara nos instantes que Cláudio a abraçou e a beijou. Christine apertou com força a mão de Cláudio para certificar-se de que ele estava mesmo presente ali, ao seu lado. Ela já tinha perdido os avós e não suportaria outra perda.

O grupo se afastou do topo e já percorrera a metade do percurso nos caminhos íngremes da montanha. Cláudio, o líder do grupo, parou e pediu para que todos fizessem o mesmo. Todos se hidrataram e continuaramm a caminhar. Christine pensou na mãe e talvez na bronca que ela poderia dar por ela ter passado o dia fora de casa. Ela a tratava como uma criança, incapaz de decidir o seu próprio caminho. Por sua influência, tinha entrado num convento e passados três anos de sua vida reclusa. Só saía a passeio acompanhada e ainda, com autorização da madre superiora.

    Nesse tempo, aprendera latim e os fundamentos da religião cristã. A cultura e o saber foram os únicos pontos positivos que trouxera de lá. No mais, foi uma época perdida de sua vida, pois ela não tinha vocação para ser freira. Ela estava cansada de ser sempre a menina boazinha e obediente, pois isso só lhe trazia prejuízos. As "forças opostas" que ela trazia consigo tinham que ser resolvidas. O grupo acelerou o passo e em pouco tempo percorreu todo o caminho de volta para casa. Eles se despediram e todos voltam para suas residências.

OS DESMANDOS DO MAJOR

A acolhida de Christine foi tranquila e segura. Nenhum dos pais reclamou por ela ter passado a noite na montanha sagrada. Afinal, ela não estava sozinha. Depois do contato com os pais, ela tomou um banho, recolheu-se no quarto e foi dormir, pois sentia-se exausta. O major e sua esposa ficaram na sala, conversando. Um barulho de palmas pôde ser ouvido, e Gerusa prontamente foi atender. Lenice, uma agricultora, esperava para ser atendida.

— O que a senhora deseja?
— Eu quero falar com o major. É muito importante.
— Entre. Ele está na sala.

Lenice entrou e dirigiu-se à sala.

— Senhor major, eu queria conversar com o senhor. É sobre o meu filho, recém-nascido, o José.
— O que tem ele? O pai não quer assumir? Vocês precisam de ajuda para criá-lo?
— Não é nada disso. Eu queria que o senhor fosse o padrinho de batismo dele.
— O quê? Padrinho? A qual família importante vocês pertencem?
— Sou da família Silva, nós trabalhamos na agricultura.
— É impossível. Eu não seria compadre de um simples integrante

da família Silva nem que eu fosse o último homem sobre a Terra. A senhora devia se enxergar antes de vir aqui com tal pedido.

— O senhor major não tem coração.

A pobre mulher, em lágrimas, retirou-se da sala e foi embora. Ela sonhava em ser comadre do major como muitos ali da vila. O seu filho teria muito mais chance de crescer se fosse afilhado do major. Ele teria acesso à educação, saúde e emprego dignos, pois tudo naquela vila dependia da influência do major. Todos, sem exceção, queriam alguma ligação com ele para ter privilégios. Os que não conseguiam eram relegados a um mundo de miséria e sofrimento. Depois de escorraçar a agricultora, o major preparou-se para ir à delegacia. Sua mulher, dona Helena, ajeitou sua roupa.

— Você viu, mulher? Que impertinência, não? Um major da minha estirpe não pode ser compadre de um simples Silva.

— Esse povo daqui é louco para ser seu compadre. Gente interesseira!

— Se eles fossem pelo menos comerciantes, eu aceitaria. Onde já se viu? Um major compadre de agricultores.

— Ainda bem que você a colocou no lugar dela. Acho que mais nenhum agricultor vai atrever-se a vir aqui.

O major despediu-se da mulher com um beijo. Começou a caminhar, abriu a porta e saiu. O seu pensamento concentrou-se no que estava prestes a fazer. Desde que fora empossado oficialmente pelo prefeito como principal autoridade política da região, ele ainda não tinha tomado decisões enérgicas. A figura do major bonzinho já o estava irritando. Ele tinha que se impor até mesmo para ser respeitado por outras autoridades.

O major e o coronel tinham um papel fundamental para a consolidação da estrutura injusta chamada coronelismo, reinante naquela época. Dessa estrutura injusta era que resultava seu poder e sua ostentação social. O major permaneceu caminhando e em pouco tempo já se aproximava da delegacia. Estava plenamente convicto do que ia fazer. Aprendera, na sua infância trágica em Maceió, como tomar decisões no momento mais oportuno, e ele reconhecia que agora era o melhor momento. Apressou o passo para evitar o arrependimento e a culpa. Chegou à delegacia, abriu a porta da entrada e anunciou:

— Delegado Pompeu, temos um assunto importante para conversar.

O major entregou uma lista ao delegado em seu gabinete.

— O que é isso?

— Essa é a relação completa de todos os contribuintes faltosos. Eu não tolerarei mais atrasos e exijo que o senhor, como delegado, tome as providências.

— Deu-lhes um prazo maior para pagar?

— Sim, eu fiz tudo o que estava ao meu alcance. O coletor de impostos, Cláudio, disse-me que eles dão desculpas esfarrapadas para não pagar.

— Não vejo o que eu posso fazer. A lei não me permite tomar nenhuma atitude.

— Devo lembrar-lhe, senhor Pompeu, que o seu querido cargo de delegado ficará em risco caso não tome nenhuma providência. A lei que conheço é a do mais forte e, como major, eu lhe digo que prenda imediatamente todos esses patifes e não os solte sem antes pagarem suas dívidas.

O delegado Pompeu balançou a cabeça e chamou os seus dois subalternos para começarem a prender as vítimas. O major ficou satisfeito, pois suas exigências estavam sendo cumpridas. Esta seria a primeira das muitas atitudes arbitrárias que tomaria como maior autoridade política da região.

MISSA

Era uma bonita manhã de domingo. Os sinos da capela badalavam anunciando a missa dominical. Na sacristia, o padre Chiavaretto preparava-se para mais uma celebração. Chiavaretto era o sacerdote oficial de Mimoso. Oriundo de Veneza, na Itália, filho de uma família de classe média, tinha sido ordenado em 1890. Sua atividade sacerdotal iniciara-se em sua terra natal no mesmo ano de sua ordenação e perdurou até 1908. Neste ano, por determinação do bispo de Veneza, ele fora transferido oficialmente para o Brasil.

Sua missão era propagar o evangelho e catequizar os que ainda persistiam no paganismo. Em dois anos de intenso trabalho tinha atingido progressos no pequeno arruado. Porém, uma das metas a ser atingida era conseguir maior adesão da população às missas. No começo, quando chegou ao arruado, a presença da população era maior. Com o tempo, o povo perdeu o entusiasmo simplesmente porque as missas realizadas por Chiavaretto eram totalmente em latim. Era uma determinação oficial da Igreja naquela época.

Antes de iniciar a celebração, o padre fez um breve momento de reflexão. Em sua mente vieram a época de Veneza e o destino que cada irmão seu teve. Um resolveu ser soldado do exército e foi compor uma frente de integração da paz em outro país. Ele sempre teve mania de proteger os outros irmãos. Uma de suas irmãs tornou-se freira, outra casou-se e teve quatro filhos. As duas traçaram caminhos opostos em suas vidas, mas não deixaram de ser irmãs ou companheiras. Ambas residiam em Veneza, Itália. Ele se tornou padre, não por opção, mas por um sinal do destino. Foi chamado por Jesus. Ele decidiu tornar-se padre pois, quando era criança, estava brincando tranquilamente com um de seus amigos em uma ponte que fica exatamente sobre um rio.

A brincadeira era o pega-pega. Na emoção da brincadeira, ele subiu na proteção da ponte para se ver livre do seu adversário. Suas pernas tremeram, ele ficou tonto e, ao dar um passo em falso, caiu exatamente no rio. A correnteza era forte, pois o rio estava em época de cheia. Chiavaretto tentou nadar, mas não tinha experiência sobre a água. Gradativamente foi afundando e seu amigo apenas observava, pois também não sabia nadar. Nesse momento, não havia nenhum adulto por perto. Aos poucos, Chiavaretto foi perdendo as forças e a consciência. Quando ele estava nas últimas, pronunciou o nome santo de Jesus. Rapidamente, sentiu uma poderosa mão segurando-o e uma voz pronunciando:

— Pedro, não temas!

Seu nome era Pedro Chiavaretto. A poderosa mão o levantou e o retirou das águas. Quando já estava salvo, à margem do rio, o misterioso homem desapareceu. A partir desse dia, Pedro Chiavaretto dedicou-se unicamente à religião e tornou-se padre. Essa experiência ficou secreta, pois ele não contou nada a ninguém. O breve momento de reflexão passou, e o padre dirigiu-se ao altar. Olhou a plateia presente e verificou o mesmo fato que acontecera nas outras reuniões, os ricos e poderosos, sentados nos melhores bancos e os menos favorecidos nos outros. Esse tipo de divisão o angustiava, pois era exatamente o contrário que ele aprendera no seminário. As pessoas diante de Deus são iguais e têm a mesma importância. O que distingue o ser humano e o torna especial é o talento, o carisma e as demais qualidades.

No entanto, ele não podia fazer nada. Com a proclamação da República e a Constituição de 1891, houve uma separação oficial entre Igreja e Estado. O Brasil tornou-se, a partir daquela Constituinte, um país sem religião oficial. A Igreja perdeu boa parte de seu poder e os privilégios também. Com isso, o coronelismo (reinante no Nordeste) era supremo em suas decisões. Decisões que a Igreja não podia contrariar.

O padre iniciou a celebração, e os únicos que realmente prestavam atenção em suas palavras eram as beatas, Christine e dona Helena, ambas por saberem o latim. Os outros iam para a igreja apenas para observar as roupas, os modos e fazer fofoca. Eles estavam desvirtuados sobre o sentido de uma missa.

O padre falou sobre o perdão e sobre o fato de que devemos ficar atentos aos sinais do coração. Ele falou que esta é a melhor bússola para os viajantes perdidos. A missa continuou e chegou o momento da comunhão. Quando o padre transformou o pão e o vinho no corpo e sangue de Jesus Cristo, Christine pareceu ver Cláudio naquele altar, junto do padre. Ela balançou a cabeça, e a visão desapareceu.

Era a segunda vez que algo assim acontecia com ela. A primeira acontecera quando ela estava fazendo tricô, na varanda de sua casa. O que estava acontecendo com ela? Seus pensamentos não respeitavam nem o ritual da missa. Christine resolveu não comungar, pois não tinha se preparado nem se sentia totalmente pura para isso. Dona Helena foi. A celebração continuou e Christine tentou se concentrar no sermão do padre.

Ela prestou atenção em cada palavra pronunciada por ele. Nesse momento, finalmente conseguiu esquecer um pouco de Cláudio e do maravilhoso piquenique. Ela quase se entregara a ele na montanha. Um resto de juízo e o temor do pai a seguraram. O padre deu a bênção final, e Christine sentiu-se mais aliviada. Ela não teria que se esforçar mais para bloquear seus pensamentos.

REFLEXÕES

Christine e seus pais abandonaram as dependências da pequena capela de São Sebastião. O major despediu-se delas e foi resolver negócios no prédio da associação dos moradores. As duas voltariam para casa. No meio do caminho, Christine começou a refletir sobre o sermão que ouvira há pouco do padre. Ela teria alcançado o perdão da mãe após a saída do convento? Ela teria se perdoado? A resposta para as duas perguntas era não.

A mãe, decepcionada após a sua saída do convento, nunca mais fora a mesma mãe que aprendera a amar e respeitar. Ela não tinha mais atitudes carinhosas nem gestos fraternos como antes. A mãe deixara de ser amiga para ser apenas companheira. Vez ou outra citava o convento e comentava o quanto ficaria feliz se tivesse uma filha freira.

Ela ainda alimentava esperanças de que Christine voltasse para lá. Quanto ao seu destino, Christine ainda nutria dúvidas. Ela tinha certeza sobre o sentimento que tinha por Cláudio, mas tinha medo de se entregar totalmente a essa paixão e sair arranhada.

Christine aprendera, no convento, que os homens têm mil faces e não são confiáveis. Quanto ao fato de seguir o coração, ela havia se negado a ouvi-lo nos momentos mais cruciais de sua vida. Ela não o escutou quando ele disse para ela não se envolver com o filho do jardineiro no convento. Depois de expulsa, ele a abandonara sem nenhuma explicação.

Ela também não o escutou quando ele pediu para que ela se entregasse a Cláudio, na montanha. Em vez disso, ela preferiu ouvir as convenções sociais e o medo. Nas duas vezes que ela se recusou a ouvir o coração, saiu extremamente prejudicada. Christine fez um pacto consigo mesma e pretendia ouvi-lo nas próximas oportunidades. A celebração do padre Chiavaretto tinha rendido seus frutos.

O SUCAVÃO

Era uma calma manhã de terça-feira. No dia anterior, uma chuva torrencial tinha enchido rios e córregos. A localidade estava movimentada com muitos banhistas de toda região se divertindo no rio Mimoso. Enquanto isso, o grupo de jovens chefiados por Cláudio dirigia-se à residência de Christine. Eles iriam convidá-la para um outro passeio especial. Eles chegaram à residência e bateram palmas para serem atendidos. Gerusa, a empregada da casa, atendeu-os.

— O que vocês desejam?
— Viemos falar com Christine. Ela está?
— Está. Esperem um momento. Eu vou chamar.

Alguns instantes depois, Christine apareceu sorridente e pronta para atendê-los.

— Gerusa me falou que vocês queriam falar comigo. Do que se trata?

Cláudio, o líder do grupo tomou a palavra:

— Viemos convidá-la para um interessante passeio conosco. Com a chuva de ontem, rios e córregos da região transbordaram. O povo inteiro está aproveitando. No sítio Frexeira Velha, próximo daqui, há um cenário bastante especial que queremos mostrar a você. Topa?

— Se vocês prometerem que não haverá nenhuma surpresa como da vez do piquenique, eu topo.

— Não haverá. Você ficará encantada com o lugar — garantiu Fabiana.

— Nós prometemos a você uma manhã realmente especial — completou Rafael.

Os outros integrantes do grupo também incentivaram Christine a aceitar, e ela acabou concordando. Afinal, ela não estava fazendo nada de importante naquele momento. Sair um pouco a ajudaria a refletir melhor sobre algumas ideias. Com o consentimento de Christine, o grupo começou a caminhar em direção ao destino que ela ignorava. Cláudio ofereceu o braço a Christine e ela aceitou, seguindo instintos do seu coração. Ela aprendera com o padre.

O contato físico fez Christine mergulhar em planos paralelos muito além da imaginação de um ser humano comum. Nesses planos não havia lugar para ninguém a não ser para ela e seu adorado de coração. Ela se via casada e com no mínimo sete filhos, todos de Cláudio. Os seus pais preconceituosos e detentores de uma falsa moral não tinham o poder de afetá-los em sua imaginação. Se a montanha do Ororubá fosse mesmo sagrada, ela realizaria o seu pedido e tornaria esses planos realidade.

Embora fosse quase impossível por dois motivos. O primeiro, porque era filha de uma mãe que ainda acalentava esperanças de ela ser freira. O segundo, um pai que projetava para ela um futuro, na opinião dele, feliz, ao casá-la com alguém de seu nível social. Além disso, ambos eram extremamente preconceituosos.

O grupo parou um pouco a fim de que todos se hidratassem. Cláudio não largou o braço de Christine nem por um momento. Em seu pensamento, Christine seria só sua desde que estivessem interligados. A partir do momento que a conheceu, sua vida mudou. Ele passou a dar menos importância para o ato de beber e fumar. Ele praticamente parou de fazer isso. Os seus amigos também notaram mudanças. Ele se tornou um homem mais carismático e alegre. Não reclamou mais do trabalho nem das contas a pagar. Ele se tornou um ser iluminado pelo deus amor.

Por Christine, ele estava disposto a enfrentar o temido major e sua esposa; a enfrentar a opinião pública; a enfrentar Deus e o mundo caso fosse necessário. Ele estava conhecendo o verdadeiro amor, diferente de outras vezes que se relacionou.

O grupo acelerou o passo e em cerca de dez minutos chegou ao sítio Frexeira Velha. Eles dobraram à direita e caminharam mais alguns metros por um atalho à beira da ferrovia. Finalmente chegaram ao destino, e Christine ficou maravilhada. Ela estava diante de uma piscina natural esculpida na pedra, que ficava exatamente sobre um pequeno riacho.

— Então era isso que vocês queriam me mostrar? É sensacional!

— Nós sabíamos que você ia gostar. É o local apropriado para relaxar. Chama-se Sucavão — contou Cláudio.

Todos correram para a pequena maravilha da natureza. Cláudio afastou-se um pouco de Christine e começou a dar saltos engraçados sobre a água. Ele mergulhou e, por alguns instantes, ficou submerso. Christine ficou preocupada e começou a procurar por ele em toda a piscina. Quando ela menos esperava, dois braços fortes seguraram suas coxas, e Cláudio ressurgiu das águas, abraçando-a.

— Estava me procurando?

Christine não fala nada e ajeitou seus pequeninos braços sobre os ombros de Cláudio. Ele sentiu o momento e se aproximou mais dela. Seus lábios insistentes procuravam os de Christine. Os dois se encontraram, o que provocou uma chuva de aplausos. Christine e Cláudio voltaram-se para os demais e riram. Estava consumado o relacionamento dos dois. Todos continuaram aproveitando a piscina. Cláudio e Christine não se separaram mais. O grupo passou a manhã inteira no Sucavão e depois todos os integrantes voltaram para suas residências.

A FEIRA

Uma quarta-feira toda ensolarada surgiu, Christine acabara de despertar. Ela se levantou da cama e foi tomar um banho. Entrou no banheiro, abriu a torneira, e a água fria inundou todo o seu corpo. Nesse momento, seu pensamento viajou e pousou exatamente nos acontecimentos do dia anterior. Ela pensou no abraço de Cláudio e no posterior beijo. Os dois contatos físicos iniciais que tiveram a fizeram ter mais certeza do que sentia por ele. Era algo realmente duradouro. Ela desligou o chuveiro, ensaboou-se e o medo começou a tomar conta dos seus íntimos pensamentos. O que seria deles quando os pais descobrissem? Seria o amor mais forte do que o preconceito e as convenções sociais? A montanha teria atendido mesmo o seu pedido? A resposta a essas indagações, ela desconhecia. Só restava aos dois apreciarem o momento e torcer para que durasse para sempre.

Ela voltou a abrir o chuveiro, e o medo anterior desapareceu. Estava disposta a lutar por esse amor mesmo que lhe custasse caro. A água do chuveiro a fez lembrar do Sucavão e de como aquele lugar é mágico. Pensa que todos deviam ser como o rio que flui, que se entrega totalmente ao seu destino. Era assim que ela agiria com relação ao seu amor, Cláudio. A água fria começou a incomodar, e ela resolveu desligar o chuveiro. Pegou duas toalhas e começou a se enxugar. Depois de totalmente enxuta, vestiu uma roupa e dirigiu-se para a cozinha a fim de tomar café da manhã. Ao chegar, encontrou Gerusa servindo os seus pais.

— Já acordou? Você parece ótima! O que aconteceu?

— Nada, mamãe. Eu só tive uma noite boa.

— A minha filha tem juízo, mulher. Ela não faria nada contra os nossos princípios – retrucou o major.

Um gelo percorreu o corpo de Christine e nesse momento parecia que seus pais adivinhavam seus pensamentos. Resolveu ficar calada para não levantar suspeitas.

— O que acha de irmos à feira, hoje? Preciso de frutas, verduras e legumes — perguntou dona Helena.

— Eu a acompanharei com gosto, mamãe.

— Bem, eu não posso. Vou tratar de negócios — avisou o major.

As duas terminaram de tomar café e foram para a feira. A feira de Mimoso tornara-se um grande chamariz para visitantes de toda a região. Nesse dia, o movimento era intenso e assim o comércio também faturava. Christine e dona Helena se aproximam da barraca de frutas de dona Olívia e nesse momento os céus pareciam se cruzar na troca de olhares de Christine e Cláudio.

— Você por aqui? Eu não esperava — disse Christine.

— Minha mãe me deixou tomando conta da barraca. O que um filho não faz por uma mãe? Como está, senhorita?

— Muito bem.

— Não sabia que vocês eram tão amigos.

Christine disfarçou um pouco o que sentia por Cláudio e respondeu:

— Ele faz parte do grupo de amigos com que saio e, além disso, é meu companheiro de trabalho, esqueceu?

— Ah, sim. O coletor de impostos.

Cláudio piscou o olho para Christine em sinal de cumplicidade. Os dois tinham que fingir até o momento certo. Cláudio perguntou:

— O que vocês vão querer?

— Eu quero duas dúzias de bananas, três mamões e seis mangas — pediu dona Helena.

Christine prestou atenção em cada detalhe másculo de seu amor e ficou impressionada. Ela não tinha dúvidas de que era aquele homem que queria. Não importava quantos obstáculos tivesse de ultrapassar. Ela tinha aprendido, no convento, que o vencedor era aquele que tinha coragem de ousar. Cláudio despachou as frutas e Christine e dona Helena foram para outra banca. A feira continuaria até às 14 horas.

O CASO DA VACA

O major Quintino, por ser um dos desbravadores da região, tornou-se um rico senhor de terras e, por consequência, um dos maiores pecuaristas da região. Certo dia, seus empregados estavam atravessando o gado na ferrovia para ter acesso à outra parte do terreno do major. Por coincidência, nesse mesmo instante, um trem velocíssimo surgiu no horizonte. Os empregados apressaram a travessia, e o maquinista do trem tentou parar, mas sem sucesso. Uma das vacas foi atingida pelo trem e com o impacto morreu. O maquinista prosseguiu em viagem, e os empregados ficaram revoltados. Eles se reuniram e resolveram contar tudo ao major.

Quando o major soube da história, ordenou aos seus empregados que colocassem uma grande pedra nos trilhos da ferrovia. Nesse mesmo horário, o major ficou de tocaia esperando o trem. Ele surgiu no horizonte no horário esperado e, quando o maquinista percebeu a pedra, freou bruscamente para tentar evitar o acidente. Por sorte, obteve sucesso, e ninguém se machucou. O maquinista, irritado, desceu do trem e perguntou:

— Quem colocou essa pedra no meio do caminho?

Nesse momento, o major se aproximou e perguntou ao indivíduo:

— Como é o nome de vossa senhoria?

— Meu nome é Roberto. Diga-me, quem colocou essa pedra no meu caminho?

— Foram os meus homens que colocaram. Vejo que hoje o senhor conseguiu parar o trem. No entanto, ontem mesmo, o senhor não obteve sucesso e atingiu uma das minhas vacas.

— Eu não tive culpa. O trem vinha em alta velocidade e, quando eu percebi o gado, já era tarde demais.

— Suas desculpas não servem para mim. Não se preocupe, eu não o denunciarei às autoridades nem exigirei a restituição da vaca. No entanto, a partir de amanhã, toda vez que o senhor passar nessa vila terá por obrigação parar em frente da minha casa e mandar perguntar se alguém de minha família irá viajar. Em caso positivo, o senhor esperará o tempo que for necessário para que nos arrumemos. Em caso negativo, poderá seguir sua viagem em paz. Estamos acertados?

— Bem, acho que eu não tenho escolha. Está bem.

O major ordenou aos empregados que retirassem a pedra e assim o trem prosseguiu em sua viagem.

A PRENSA

O major Quintino era famoso em toda a região por seus métodos de tortura. O mais conhecido era sem dúvida a temida prensa. Tratava-se de um instrumento de ferro com cinco argolas, uma para colocar no pescoço, duas nas mãos e outras duas nas pernas. Os inimigos do major eram chicoteados na prensa, muitas vezes, até a morte.

Certa vez, o major teve três cavalos roubados e o ladrão foi visto por um de seus empregados. O ladrão sumiu por um tempo, e o major não conseguiu localizá-lo. Com o caso encerrado, o ladrão resolveu voltar e foi visto passeando em Mimoso. O major imediatamente soube e mandou seus empregados o prenderem.

O ladrão foi pego e colocado na prensa. Torturado e humilhado, o ladrão confessou o crime e contou que vendera os cavalos para conseguir alguns trocados. O major, irado, não o perdoou e mandou seus empregados o açoitarem a noite inteira. O ladrão não resistiu aos ferimentos e faleceu. Os empregados do major recolheram o corpo e o enterraram. Ele era mais uma das vítimas desse sistema arcaico de sociedade. Um sistema que mata antes mesmo de julgar.

RECADO

Já fazia umas duas semanas que Cláudio e Christine namoravam escondido. Os dois se viam a cada 15 dias no trabalho ou em outras situações com o grupo de amigos. Esses encontros eram bem aproveitados pelos dois, que trocavam carícias e beijos quando ninguém estava olhando.

Porém, essa situação não era confortável para Cláudio. Ele ainda se sentia inseguro com a resolução de Christine de não contar nada sobre o relacionamento dos dois. Ele queria extravasar e contar para o mundo inteiro o quanto estava feliz e realizado. Com esse intuito, chamou Guilherme (um menino de rua) e entregou-lhe um bilhete endereçado a Christine. O menino rapidamente foi cumprir a ordem. Guilherme chegou à casa de Christine, bateu palmas e gritou para ser atendido. Gerusa veio atendê-lo.

— O que quer, menino?

— Este bilhete é para a senhorita Christine. Pode chamá-la, por favor?

— Pode me entregar. Eu sou de confiança.

— Não. Este bilhete é para ser entregue em mãos.

Relutante, Gerusa foi chamar Christine. Uma grande curiosidade estava sufocada em sua garganta. Ela era empregada da família havia dez anos e na sua opinião nada que acontecia naquela casa podia passar despercebido aos seus olhos. Desde que Christine era criança, ela cuidava dela e de seus interesses mais até do que sua própria mãe. Não era agora que ia ser deixada de lado.

Christine estava em seu quarto e, quando recebeu a notícia, foi prontamente atender o menino. Ela recebeu o bilhete e Gerusa a acompanhou. Imediatamente, Christine trancou-se em seu quarto deixando para trás uma angustiada Gerusa. Ela se sentiu desprestigiada com a atitude de Christine. Os anos de companheirismo e cumplicidade foram por terra nesse momento. Afinal, o que seria tão importante a ponto de Christine querer esconder?

ENCONTRO

Com o coração acelerado, Christine começou a ler o bilhete escrito por Cláudio. Ele a convidava para um encontro a ser realizado em sua casa. Christine ficou em dúvida e pensou que talvez fosse arriscado ir até lá. Afinal, as más-línguas do lugarejo poderiam levantar suspeitas sobre os dois e a notícia acabaria chegando aos ouvidos dos seus pais. Ela queria preservar o relacionamento. Entretanto, não queria magoar Cláudio e provocar um afastamento entre eles.

O sentimento que agora nutria por seu amor era o que ela tinha de mais importante. Ela pensou um pouco e resolveu ir. Certamente valeria a pena arriscar por um único e verdadeiro amor. As consequências, se acontecessem, eles enfrentariam juntos.

Christine se arrumou e partiu sem dar explicações a Gerusa ou a qualquer outra pessoa. Sua mente vagou por lugares desconhecidos a qualquer outro ser humano que não conhecesse sua história. Ela pensou no convento, no filho do jardineiro e em seu amor, Cláudio. O convento apareceu como uma imagem antiga que ela queria esquecer. Lá, aprendera o latim, os fundamentos da religião, o respeito com as pessoas e o verdadeiro sentido da palavra amor.

Ainda no convento, lembrou-se do filho do jardineiro e da sua importância no amadurecimento de uma decisão que mudara sua vida.

Ela desistira de ser freira e assumira todas as consequências advindas, como a decepção e o desprezo da mãe. Ela pensou em Cláudio, e um fio de esperança preencheu todo o seu ser. Esperança de que eles ficassem juntos embalados por um amor eterno. Mesmo que para isso eles tivessem que quebrar barreiras intransponíveis.

Veio à sua memória o piquenique na montanha e como eles foram felizes apesar de não estarem juntos. Ela se lembrou bem do abraço, do beijo e do pedido que fizera à montanha sagrada. De certa forma, o seu pedido já começara a ser atendido, pois ela e Cláudio estavam namorando. A ida à missa e o aprendizado que tivera com ela ajudaram-na a assumir o relacionamento no Sucavão.

Aquele lugar mágico tinha a propriedade de encantar e reunir corações. Ela aprendera a ser como o rio que flui, entregue totalmente ao seu destino, Cláudio. Era por ele que ela resolvera ir ao encontro.

Christine acelerou os passos movida por uma curiosidade sobre-humana. Ela já está a poucos metros do destino. Olhou ao redor e certificou-se de que ninguém a estava seguindo ou observando. O seu instinto de autoproteção era maior do que tudo. Afinal, toda precaução era pouco em um relacionamento que ainda não estava consolidado. Avançou um pouco mais e finalmente chegou à casa de Cláudio. Bateu na porta a fim de ser atendida. A porta se abriu e Cláudio a puxou para dentro. Para surpresa de Christine, toda a família de Cláudio estava reunida.

— Aqui está minha namorada, Christine, como eu prometera. Já faz duas semanas que estamos namorando. Esta é a minha mãe, Olívia — apontou para uma senhora de traços firmes que aparentava ter uns cinquenta anos. — Os outros, você já conhece: minhas irmãs, Fabiana e Patrícia, e meu pai, Paulo Pereira.

Christine ficou sem fôlego com a apresentação. O que Cláudio estava fazendo? Os dois não tinham combinado de namorar escondido? Meio sem jeito, Christine cumprimentou a todos. Cláudio a fez sentar-se à mesa, onde todos estão.

— Muito bem-vinda à família, Christine. Eu e meu marido fazemos gosto nesse relacionamento. Você é uma moça séria e bem prendada — disse dona Olívia.

— Obrigada. Eu não esperava isso. O Cláudio me pegou de surpresa — admitiu Christine.

— Eu não estava mais aguentando essa situação. Meus pais tinham o direito de conhecer a adorada do meu coração — exclamou Cláudio.

Dito isso, Cláudio enlaçou Christine em seus braços e a beijou.

— Eu já disse a Christine o quanto fico feliz em ser sua cunhada. Além disso, quero dizer que admiro sua determinação e garra — afirmou Fabiana.

— Eu também. Desejo felicidade ao casal — concordou Patrícia.

Paulo Pereira começou a servir o coquetel, e Christine estava um pouco retraída, apesar de feliz. A conversa começou a girar sobre vários assuntos, e Christine era o centro das atenções. Todos elogiaram bastante sua postura e modos. O tempo passou e Christine nem percebeu. Depois que se conheceram bastante, Christine se despediu, e Cláudio a acompanhou até a saída. Eles se abraçaram e se beijaram antes de se despedirem. A atitude de Cláudio mostrou a Christine que suas intenções eram sérias e verdadeiras.

CONFISSÃO

Era uma bela manhã de quinta-feira, Christine preparava-se para ser atendida pelo padre Chiavaretto. Ela estava em uma fila de cinco pessoas. Ansiedade, nervosismo e dúvida preenchiam todo o seu ser. A preparação que fizera antes da confissão ainda não surtira efeito. Em sua memória vieram todos os fatos que ela considerava pecado: omissões, erros e imprecauções.

No entanto, ela ainda não tinha certeza se diria toda a verdade. Entretanto, se não dissesse, continuaria em estado de pecado. As freiras do convento em que ela ficou por três anos eram bastante rígidas nesse sentido. A fila andou, Christine era a próxima a ser atendida. Ela entrou no confessionário e se ajoelhou.

— Ave Maria puríssima!
— Sem pecado, concebida.
— Acuse os seus pecados, minha filha.
— Bem, padre, eu tenho um grande segredo que me pesa muito. Já faz algum tempo que namoro escondido o coletor de impostos, Cláudio. Este segredo está me matando, padre. Às vezes, nem consigo dormir à noite. Porém, se eu contar, certamente os meus pais serão contra esse relacionamento, pois eles são muito preconceituosos. O que eu faço, padre? Não quero terminar com o Cláudio, pois eu o amo.

— Minha filha, você deve contar toda a verdade. Só ela pode libertá-la dos remorsos. Converse com seus pais e mostre seu ponto de vista. Quando o amor é verdadeiro, ele supera todos os obstáculos. Acho que vou dar uma penitência para você refletir melhor. Reze dez pais-nossos e cinco ave-marias.

Christine agradeceu ao padre e foi cumprir sua penitência. Ela refletiria bem sobre os conselhos dados por ele.

FOFOCA

A *ida de Christine à* casa de Cláudio não passou totalmente despercebida nem os modos que ele a tratava em público. Beatriz, vizinha de Cláudio, desconfiou que aquela visita não era de uma simples amiga. Depois do fato, ela resolveu investigar os dois para verificar se estava certa em suas suspeitas.

Ela acabou descobrindo toda a verdade. Durante um tempo, ela permaneceu calada até por medo da reação do major e de sua esposa. Depois, não achou justa toda aquela situação. Com senso de justiça, ela resolveu ir à casa do major contar tudo. Chegou, bateu palmas e foi atendida por Gerusa.

— O que quer?

— Quero falar com o major e sua esposa.

— Eles estão na sala. Pode entrar.

Rapidamente, Beatriz entrou e se colocou diante dos dois.

— Bom dia, senhor major Quintino e dona Helena. Eu tenho algo sério para falar a vocês. Sua filha está?

— Ela foi confessar-se – respondeu dona Helena.

— Melhor ainda. É sobre ela que quero falar. Ela está namorando escondido o Cláudio, o coletor de impostos. Pronto. Falei.

— O quê? Está doida, mulher? Minha filha tem juízo. Ela não se envolveria com um tipinho desses — retrucou o major.

— Eu também não acredito. Ainda quero vê-la freira. – Acrescentou dona Helena.

— Garanto a vocês que o que eu disse é verdade. Eu vi os dois abraçados e se beijando com esses olhos que a terra há de comer.

— Então ela nos traiu. Ela se engana se vai ficar com ele. Eu não misturaria meu nome e meu sangue com um simples Pereira — avisa o major.

— Eu também não aceito. Pela minha vontade ela nem se casaria — asseverou dona Helena.

— Bem, acho que cumpri minha missão de cidadã. Eu não suporto ver injustiças.

— Obrigado por nos avisar. Eu saberei recompensá-la.

O major levantou-se e entregou um maço de notas a Beatriz. Ela saiu feliz e tranquila do bangalô por achar que cumpriu a sua missão.

VIAGEM A RECIFE

A notícia de que Christine estava namorando um simples coletor de impostos não deixara o major nada feliz. Com o orgulho ferido, planejou uma saída daquela situação vexatória para ele. Enviou um bilhete para o prefeito e para o coronel de Rio Branco convidando-os para uma viagem ao Recife. Os três iriam conversar com o governador sobre negócios, política e assuntos pessoais. Com tudo acertado, o major arrumou as malas, pois partiria no dia seguinte para Recife.

O dia nasceu com o sol mais quente do que nunca. O major despertou e sem demoras levantou-se para tomar o seu banho. Entrou no banheiro, abriu o chuveiro e a água inundou todo o seu corpo. A água fria tranquilizou sua consciência, pois o seu sangue ainda estava fervendo. Ele se lembrou de Christine quando ela era criança. Era tão meiga e carinhosa, como uma flor.

Uma vez ela estava brincando de boneca e o convidou para brincar também. Ele, meio sem jeito, aceitou. Christine fazia o papel da mãe, e ele o pai da boneca. Passaram um largo tempo simulando conversas e situações dentro de uma família. Teve um momento que ela disse: "A minha boneca tem sorte por ter um pai como o senhor". Aquilo o emocionou bastante e ele teve que retirar-se da brincadeira para que ela não o visse chorando.

O que havia acontecido com aquela pequena sensível? Como ela tinha sido capaz de traí-lo daquela forma? Quando ela nascera, ele não negou um certo desagrado em ter tido uma filha mulher. O mais adequado para ele era ter tido um filho homem, alguém que o sucedesse na tirania, no poder político e na ostentação social. Porém, com o passar do tempo, ela mostrou o seu valor e conquistou a todos na família. Seus planos passaram a ser o de arranjar um bom genro para cuidar da filha e sucedê-lo. Planos que estavam indo abaixo com a última notícia que recebera. Rapidamente, o major desligou o chuveiro e saiu do banho. Ele tinha pressa em colocar seu plano em ação.

Ele se dirigiu à cozinha e foi tomar o seu café. Cumprimentou a esposa, mas fez de conta que não estava vendo a filha. Christine tomou a iniciativa e falou com ele, que respondeu duro e seco. Ela estranhou a atitude do pai, mas ficou calada. O major tomou o café, avisou que ia ficar fora alguns dias, levantou-se e foi embora. Já fora de casa, começou a desenhar o plano de ação. Primeiro ir para a delegacia, segundo embarcar no trem com destino a Recife.

Seus planos traduziam o aspecto em que o major se encontrava. Estava inquieto, apreensivo e decepcionado. Inquieto por encontrar-se naquela atual situação; sogro de um simples funcionário público. Apreensivo por não saber exatamente o resultado que teria nessa viagem. Decepcionado por ter sido traído por sua única e amada filha. O que faltava acontecer?

Bem, ele não sabia. Alguns minutos depois ele já podia ver a delegacia, e seu ódio crescia ainda mais. Quem aquele reles coletor de impostos pensava que era? Nem em sonhos ele poderia entrar na família Matias. Uma família tradicional e desbravadora de praticamente todas as terras situadas a oeste de Pesqueira. Quem eram os Pereira? Apenas uma família de simples comerciantes que não estavam à altura de sua filha. Ele não permitiria, enquanto vivesse, que os dois ficassem juntos.

Finalmente, o major entrou na delegacia e foi para o gabinete do delegado Pompeu. Ele o cumprimentou e começou a falar:

— Senhor Pompeu, eu tenho um serviço para o senhor. Quero que prenda um homem para mim.

— Por quê? Quem é esse homem?

— É um homem que faltou ao respeito com a minha filha. Chama-se Cláudio, o coletor de impostos.

— Cláudio? Ele me parecia tão correto.

— Eu também achava isso. No entanto, ele me decepcionou com sua atitude. A partir de hoje, ele é meu inimigo e deve sofrer por sua traição. Quero que o prenda imediatamente e não o solte antes de me consultar.

— Está bem. Eu o farei. Meus homens o prenderão ainda hoje.

— Era o que eu queria ouvir. Você é um belo amigo, Pompeu. Quem sabe quando eu for prefeito você não seja, meu secretário.

— Às suas ordens, major.

Os dois se despediram e o major partiu em direção à estação ferroviária. Um trem com destino a Recife sairia em poucos minutos. Os passos do major se dispuseram regularmente e ele se sentiu mais tranquilo. A primeira etapa do seu plano estava cumprida. Seu inimigo, em pouco tempo, estaria impotente atrás das grades.

Christine teria que se acostumar a viver sem ele. O major começou a arquitetar, em sua cabeça, a segunda etapa do seu plano. Etapa que só ele e Deus conheciam. Ele chegou à estação, comprou a passagem, cumprimentou os funcionários e embarcou.

Ao entrar no trem, ele se deparou com o coronel de Rio Branco, senhor Henrique Cerqueira. Ele se sentou ao seu lado e ficou feliz pelo coronel ter atendido o seu pedido. Eles começaram a conversar e lembraram-se dos seus tempos de desbravadores. Eles se lembraram da resistência dos nativos e de como eles tiveram que ser cruéis para se apossarem das terras deles. Foram momentos de glória para os dois.

O major Quintino e o fazendeiro Osmar se apossaram das terras na região de Mimoso e o coronel Henrique Cerqueira das terras na região de Rio Branco, povoado situado a oeste de Mimoso. O coronel lembrou como foi hábil ao convencer uma família nativa de que não faria mal algum. O tempo passou rapidamente para os dois ao se lembrarem desse passado não tão distante.

O trem apitou sinalizando que ia fazer uma parada. O major e o coronel saíram para fazerem um rápido lanche. Eles chegaram em um bar junto à estação ferroviária de Pesqueira.

— O que vão querer, senhores?

— Dois copos daquelas boas que você tem aí e um prato de carne assada — solicitou o major.

— Bem, o major convidou-me para ir ao Recife, mas ainda não me explicou qual o verdadeiro sentido de irmos lá.

— Eu tenho meus planos, mas não posso falar agora. Eu tenho que resolver um assunto com o governador e depois ter uma conversa séria com você.

— Não pode me adiantar nada?

— Não. Nada mais do que já disse.

A conversa esfriou e os dois terminaram de fazer o lanche. Saíram do bar, voltaram para a estação ferroviária e novamente embarcaram no trem, pois ele já estava de saída. Ao entrarem no trem, o prefeito já estava presente. O major ficou feliz por este também ter atendido o seu pedido. Eles ficaram na mesma fila do trem a conversar sobre família, o estreante no futebol e mulheres.

Falando de sua família, o major citou sua mulher e filha como seus maiores tesouros. O coronel falou de seu filho, Bernardo, e da sua filha, Karina, e garantiu que eles seriam seus legítimos sucessores tanto na política como na forma de agir. O prefeito falou que não tinha filhos, pois sua mulher era estéril, mas era feliz no casamento mesmo assim. Ao falar de esporte, eles citaram Sport Recife e Náutico como os melhores times de futebol do estado. Sobre as mulheres, o major afirmou que se agradava de todos os tipos. O coronel disse que preferia as negrinhas e as de corpo esbelto. O prefeito afirmou que não reparava em outras mulheres além da sua. Os outros riram dessa afirmação.

Eles continuam conversando, e o tempo passa rapidamente. O trem fez várias paradas até chegar ao seu destino, que era Recife. Os três desembarcaram e contrataram imediatamente um veículo para levá-los ao palácio que era a sede do governo estadual. No carro, o motorista se apresentou e fez algumas perguntas. Eles responderam dando prosseguimento à conversa. O condutor falou sobre o Recife, destacando suas pontes, praias, rios, igrejas e outros pontos turísticos. Concluiu falando que o povo de Recife é hospitaleiro e amigável.

O major não prestou muita atenção na conversa, pois estava concentrado em seus planos. A conversa com o governador seria decisiva para ele. Algum tempo depois, o carro parou em frente ao palácio e todos desceram.

Os três percorreram os poucos metros que os separavam do palácio e entraram pelo portão principal. Já lá dentro foram orientados quanto ao gabinete em que o governador estava atendendo. Entraram na repartição e foram recebidos pelo governador. O prefeito fez as devidas apresentações.

— Este é o major Quintino, maior autoridade política da região do pujante lugarejo de Mimoso. Este outro é o coronel de Rio Branco, Henrique Cerqueira, um importante desbravador da Região Oeste de Pesqueira.

— Eu já ouvi falar de Mimoso. Esse lugar tornou-se um importante entreposto comercial de Pernambuco, com a implantação da ferrovia. Quanto ao coronel de Rio Branco, são notórias as histórias de seus grandes feitos. É uma honra recebê-los aqui neste prédio que representa a força de nosso povo e orgulho de nosso estado. Em que posso ajudá-los?

— O major deve saber. Ele nos convidou a vir aqui, mas não adiantou o assunto — falou o coronel de Rio Branco.

— É verdade. Trata-se das próximas eleições da prefeitura de Pesqueira. Eu quero, com todo o respeito, que o senhor governador me apoie para sucessor do nosso querido amigo aqui presente, o senhor Horácio Barbosa.

— Como? A região de Pesqueira tem muitos coronéis. Um deles é quem deve ser o sucessor.

— Nenhum tem a minha garra e meu poderio político. Implantei um instrumento de tortura, chamado prensa, que é terror dos meus inimigos. Já não sou mais um simples major. O senhor Horácio e o senhor Henrique presentes aqui podem testemunhar a meu favor.

— É verdade. O major Quintino se destaca no município de Pesqueira. Ele é um importante membro do nosso sistema de "coronelismo". Eu, como coronel de Rio Branco, o apoio sem restrições.

— Eu também o apoio. Ele foi um dos primeiros desbravadores das terras de Mimoso. A sua atitude com os nativos foi extremamente importante e decisiva. Ele é o único que pode me substituir no cargo de prefeito.

— Bem, se vocês dois atestam e aprovam a candidatura dele, eu não me oponho. Eu o apoiarei para próximo prefeito de Pesqueira.

Os três aplaudiram o governador, e o major Quintino puxou pelo braço o coronel de Rio Branco para uma outra sala. Eles iriam ter uma conversa decisiva.

— O que quer falar comigo, major? Por que me puxou dessa maneira?

— Eu tenho algo a propor ao senhor. Eu tenho uma bela filha, chamada Christine, e quero casá-la o mais rápido possível. Eu matutei um pouco nos possíveis pretendentes. Então lembrei-me do seu filho, Bernardo, e de como ele é seu legítimo sucessor tanto nas atitudes como na política. Acho que ele se tornou um par ideal para minha filha. O que me diz? Seria ótimo que os dois unissem nossas famílias.

O senhor Henrique pensou por alguns instantes e respondeu o seguinte:

— Eu também estava pensando em casar o Bernardo. Chega a época que um homem tem que criar juízo e raízes. A sua filha é um ótimo partido para ele. Porém, ela não ia ser freira?

— Ela já abandonou essa ideia. A minha mulher encheu a cabeça dela quando era menina. Agora, ela está resolvida e disposta a se casar. Para quando marcamos o casório?

— Acho que um mês é suficiente para cuidar dos preparativos. Temos que fazer uma grande festa e convidar nossos companheiros de sistema.

— É claro. Tudo pela felicidade dos dois. Já não vejo a hora de a minha casa estar cheia de netos.

Os dois cumprimentaram-se e voltaram para o gabinete do governador onde se juntaram ao prefeito. Eles se despediram da maior autoridade política do Estado e se dirigiram a um hotel próximo. Eles passariam mais dois dias na capital pernambucana participando de solenidades e apreciando as belezas das praias.

VOLTA AO INTERIOR

Os três viajantes do interior se despediram do hotel e das comodidades da capital pernambucana. Fretaram um carro diretamente para a estação ferroviária. Em pouco tempo de viagem, conseguiram chegar ao destino. Saíram do carro, compraram as passagens e finalmente embarcaram. Eles se sentaram na parte correspondente à primeira classe.

O prefeito e o coronel de Rio Branco começaram a conversar, mas o major apresentava-se disperso e pensativo. Em sua mente, veio a figura de Cláudio e a de Christine. Não, eles nunca poderiam ficar juntos, pois pertenciam a mundos totalmente diferentes. Ele não criara sua filha para ser atendente num estabelecimento comercial. Ela merecia muito mais do que isso, pois era filha do major, a maior autoridade política da região de Mimoso.

Em seu pensamento, o major viu Cláudio preso e isso lhe deu uma estranha sensação de prazer. Quem mandou traí-lo daquela forma? Quem o autorizou a sonhar tão alto? Ele estava simplesmente pagando o preço de sua loucura. O major viu toda a cena e não se arrependeu. Afinal, estava cuidando dos interesses da filha e do seu futuro.

O trem solavancou um pouco, e o major começa a entrar na conversa dos seus dois companheiros. Eles falavam de seus projetos futuros. O coronel de Rio Branco ansiava por transformar o seu povoado em pouco tempo em uma vila e, consequentemente, independente do município de Pesqueira. Ele sonhava em ser prefeito e arranjar bons cargos para seus familiares. O prefeito falava em sair da política e tornar-se um grande senhor de terras no sertão, para os lados de Vila Bela. Ele falava em criar muitas cabeças de gado e fazer extensas roças. O dinheiro que conseguira praticando fraudes já seria suficiente para realizar esse plano.

O major era mais modesto. Queria ver sua filha casada e com filhos. Ele também contava com a palavra do governador que prometeu apoiá-lo para prefeito. Os três continuaram a conversar e um funcionário ofereceu sucos e lanches. Eles aceitaram. O tempo passou rápido e eles passaram pelas principais cidades do estado. Quando chegaram a Pesqueira, o prefeito se despediu e desembarcou.

O percurso restante (24 km) entre Mimoso e a sede foi feito de forma tranquila e segura. O major e o coronel de Rio Branco permaneceram calados a maior parte do tempo. Quando o trem chegou a Mimoso, o major se despediu e desembarcou. Ao sair, ele mostrou no semblante o quanto estava feliz, pois voltava realizado.

CASAMENTO ARRANJADO

Após cumprimentar os funcionários da estação, o major dirigiu-se para sua casa. Encontrou algumas pessoas no caminho, mas não prestou muita atenção, pois estava pensando na melhor forma de dar as notícias para as suas mulheres. Qual seria a reação de Christine? O que diria sua amada esposa? A primeira tinha traído sua confiança ao namorar um simples coletor de impostos. A segunda ainda almejava que a filha fosse freira. Bem, ele não se importava.

Ele era o homem da casa, e as duas teriam que acatar suas decisões. O que ele decidira era o melhor para toda a família. Com esse pensamento, o major apressou os seus passos e, em pouco tempo, chegou a sua casa. Ele abriu a porta principal, dirigiu-se à sala, mas não havia ninguém lá. Ele chamou a filha e a esposa, e elas responderam da cozinha. Rapidamente, ele se dirigiu para lá.

— Cheguei do Recife. Não me abraçam?

Christine e dona Helena calorosamente responderam ao pedido do major. Eles ficaram algum tempo trocando carícias.

— Eu trago boas notícias para vocês. Vejam, que honra, tive o privilégio de falar com o governador em pessoa.

— Eu sempre soube que você era um grande homem. Desde que o conheci tive a certeza de que você era o homem da minha vida. Um homem de visão e de sucesso. Você comprou a patente de major, nós nos mudamos para o Recife e teve a brilhante ideia de se apossar de boa parte das terras situadas a oeste de Pesqueira. A partir daí nossa vida só teve realizações. Eu me orgulho de você, meu amor — declarou dona Helena.

O major e sua esposa se abraçaram e se beijaram, e Christine ficou emocionada com a cena. Ela também queria ser feliz como seus pais eram.

— Que notícias são essas, papai? Estou ansiosa por saber.

O major pediu para elas se sentarem com um olhar sério e misterioso.

— Bem, são duas grandes notícias. A primeira é que o governador vai dar total apoio a minha candidatura para prefeito do município de Pesqueira. A segunda, e não menos importante, é que arranjei um belo casamento para você, Christine. Seu esposo será o filho do importante coronel de Rio Branco. Ele se chama Bernardo e tem a mesma idade que você. O casório será daqui a um mês.

Um frio gelado percorreu a espinha de Christine, e ela ficou um pouco tonta. Será que escutara direito? Essa realidade era pior do que qualquer pesadelo.

— Como? O senhor arranjou casamento para mim? Eu não esperava. Pai, eu não estou preparada para ele. Eu nem conheço esse rapaz muito menos o amo. O senhor vai me perdoar, mas não me casarei com ele.

— Eu também sou contra. Eu sempre sonhei que minha filha fosse freira. Ainda tenho esperanças de que ela volte ao convento. Casar não trará a felicidade para minha filha.

— Está decidido. Você pensava que eu aceitaria o seu namorico com Cláudio? Nem em sonhos ele poderá ser meu genro. Eu não criei minha filha para entregá-la a qualquer um. Quanto ao amor, não se preocupe, ele se adquire com o tempo.

Christine começou a chorar com toda aquela situação. Quer dizer que ele já sabia sobre ela e Cláudio? Ele não tinha dito nada.

— Pai, eu amo o Cláudio com todas as minhas forças. Mesmo que eu não possa ficar com ele, eu não o esquecerei. Esse casamento que o senhor arranjou para mim só trará infelicidade. Eu sinto que tudo isso não acabará bem.

— Bobagem. Tudo vai dar certo. Quanto ao Cláudio, ele não lhe fará mais mal. Já o tirei fora de circulação.
— O que o senhor fez com ele?
— Mandei o delegado Pompeu prendê-lo. Lá, ele se arrependerá por um dia ter tocado em você.
— O senhor é um monstro sem coração. Eu o odeio!
Christine retirou-se da cozinha e foi trancar-se em seu quarto. Ela chorou o restante do dia por seu amor impossível.

VISITA

A chegada de um novo dia parecia não ter sido nada animador para Christine. Ela acabara de despertar, mas continuava imóvel sobre a cama. O dia anterior fora realmente devastador em sua vida. Com a notícia do casamento arranjado, o seu coração fora destroçado e suas esperanças de ser feliz também. Ela só conseguia pensar em Cláudio e no seu sofrimento.

Tentou levantar-se, mas seu organismo debilitado resistia a essa tentativa. Tentou uma, duas, três vezes até que conseguiu. Ela se olhou no espelho e viu uma Christine abatida e derrotada. O que seria dela? Ela conseguiria esconder o asco que sentia por esse estranho que iria casar-se com ela? Afinal, ele estava destruindo uma bela história de amor. Ela refletiu melhor e mudou sua opinião.

Os dois não tinham culpa. A culpa era de um sistema arcaico que dizia que os pais deveriam arranjar os casamentos para os filhos. Onde estava a tão sonhada liberdade idealizada na Revolução Francesa? Ela simplesmente não existia no Brasil. A igualdade e a fraternidade também eram metas distantes a serem alcançadas. Num mundo onde o coronelismo e o autoritarismo dominavam não existia lugar para direitos.

Christine se afastou do espelho e resolveu tomar uma ducha. Quem sabe um pouco de água fria não acalmaria os seus nervos e os seus ânimos? Com essa esperança ela entrou no banheiro. Cerca de vinte minutos depois, saiu de lá aparentando estar um pouco melhor. A água tinha mesmo a propriedade de restaurar as forças. Ela se enxugou e vestiu uma roupa bonita. Logo depois foi tomar café, na cozinha. Encontrou a mãe sendo servida por Gerusa.

— Onde está, papai?

— Ele saiu cedo. Foi comprar umas cabeças de gado na fazenda vizinha. Depois, ele tem uma reunião de negócios na associação de moradores – respondeu dona Helena.

— Ele permanece com a ideia fixa de querer me casar?

— Ele foi bem claro ontem. O seu casamento está marcado para daqui um mês. Eu, se fosse você, me conformava, pois, ele não vai mudar de opinião.

— A senhora, minha mãe, não podia apelar por mim? Esse casamento não trará nada de bom para nossa família.

— Eu não quero brigar com o seu pai. O nosso casamento durou até hoje porque eu soube ser cautelosa e submissa. Se você tivesse me escutado e permanecido no convento, não estaria enfrentando essa situação. Estaria nesse momento em plena comunhão com Nosso Senhor Jesus Cristo.

— Eu não ia viver o sonho da senhora, mamãe. Eu tenho minha própria vida. Há muitos outros meios de servir a Nosso Senhor Jesus Cristo.

— Então não me peça nada.

Christine ficou calada e terminou de tomar seu café. Ela se levantou e convidou Gerusa para acompanhá-la em um passeio, e foi prontamente atendida. As duas saíram sem despertar suspeitas em dona Helena. Quando estavam do lado de fora da casa, Christine repassou instruções para a empregada. Ela as acatou, e as duas continuaram a caminhar. Elas estavam se dirigindo à delegacia onde Christine pretendia rever, mesmo que por breves instantes, o seu grande amor, Cláudio.

O seu coraçãozinho estava apertado ao pensar nas atrocidades que porventura estavam cometendo contra ele. Ela apressou um pouco mais o passo ansiosa por revê-lo. Ela não tinha esquecido os momentos únicos na montanha nem no Sucavão onde ela se entregara totalmente. O seu pai poderia casá-la com outro homem, mas não mataria o sentimento que ela carregava no peito. Nem mesmo que ele quisesse, não poderia fazer isso.

Algum tempo depois as duas finalmente chegaram à delegacia. Christine ordenou a Gerusa que a esperasse do lado de fora e se dirigiu ao gabinete do delegado.

— Muito bom dia, senhorita Christine, o que deseja?

— Quero falar com o detento Cláudio.

— Eu lamento, mas tenho ordens expressas para que ele não receba visitas de ninguém. A propósito, os pais dele estiveram aqui, e eu os dispensei. Ele está incomunicável.

— Você sabe muito bem que a prisão dele é ilegal. Se as autoridades do município ficam sabendo, você está bem encrencado.

— A única autoridade que conheço realmente é seu pai, o major. Aquele homem é terrível, com o perdão da palavra.

— Você não me entendeu. Eu quero vê-lo agora, ou você vai se recusar a atender um pedido da filha do major?

O delegado Pompeu matutou um pouco e resolveu não arriscar. Chamou um dos seus subalternos e mandou que deixasse a sós Cláudio e Christine numa sala reservada. Os dois se abraçaram e se beijaram longamente.

— Como você está? Eles o estão maltratando muito?

— Eu estou arrasado. Ficar longe de você é o maior dos suplícios. O tratamento e a comida não são bons, mas estou vivo. Você tinha razão Christine, os seus pais são muito preconceituosos.

Christine passou a mão nas costas de Cláudio e percebeu as marcas do seu sofrimento. Um arrepio percorreu sua espinha, e ela começou a chorar.

— Por que tinha de acontecer tudo isso? Será que dois seres humanos não têm o direito de se amar livremente? E o pedido que fizemos à montanha? Será que um dia irá realizar-se?

— Tenha fé no amor e na montanha, Christine. Enquanto estivermos vivos, haverá uma esperança, mesmo que pequena. Entremos na Gruta do Desespero, mesmo que na imaginação, e vençamos os obstáculos e as armadilhas. A Gruta é capaz de tornar os desejos mais profundos realidade.

— Sim, é verdade. Muitas vezes, em minha imaginação, já penetrei em planos paralelos onde só cabem nós dois. Eu me vejo casada e com sete lindos filhos seus.

— É assim que se fala. No entanto, você não devia ter se arriscado tanto vindo aqui. Este lugar mancha sua beleza. Eu ficarei bem, não se preocupe. Se vir algum de meus pais diga que estou com saudades.

— Eu me arrisquei porque eu te amo. Nunca se esqueça disso. Vou rezar para São Sebastião, o bravo soldado, pedindo sua liberdade.

— Obrigado. Eu também te amo.

Os dois se abraçaram, se beijaram e finalmente se despediram. O tempo do encontro tinha acabado. Ao sair da sala reservada, Christine agradeceu ao delegado e foi embora. Gerusa estava do lado de fora, esperando. Christine repassar mais algumas instruções, e as duas voltaram para casa.

SURRA

O major Quintino estava em mais uma reunião de negócios no prédio da associação de moradores. Ele gesticulou, propôs acordos e ouviu as reclamações dos membros da associação. A sua patente de major lhe dava o direito de ter a última palavra. No meio da reunião, eis que surgiu o delegado Pompeu pedindo cinco minutos de sua atenção. Ele pediu licença e foi conversar com o delegado do lado de fora da associação.

— O que é tão importante a ponto de você interromper a reunião? Não podia esperar para falar comigo mais tarde? — Indagou o major.

— Eu vim informar-lhe que sua filha apareceu lá na delegacia exigindo falar com o detento Cláudio.

— O quê? Você não permitiu, não foi?

— Ela insistiu tanto que cedi. Afinal, ela é sua filha.

— Você é mesmo um incompetente! Eu não tinha repassado instruções para que ninguém o visitasse? Você só não é destituído do cargo agora mesmo porque já prestou serviços relevantes à comunidade. A partir de hoje, não permita que ele receba mais visitas nem que seja a do papa em pessoa. Minha filha me decepcionou mais uma vez. Creio que tenho que tomar sérias providências.

— Eu obedecerei, major. Obrigado por não me demitir.

— Está dispensado. Eu já ouvi o bastante.

O major despediu-se do delegado e retornou ao prédio da associação para avisar que ia embora. Algumas pessoas reclamaram, mas ele não deu a mínima atenção. Atordoado, ele se dirigiu a sua casa, onde o esperava uma Christine desinformada.

Um turbilhão de pensamentos preencheu a mente confusa do major. Ele relembrou a traição de Christine, e seu sangue ferveu ainda mais. Com quem ela pensava que estava lidando? Com um pai compreensivo e amoroso? Ela não perdia por esperar a reação do major. Ele se lembrou da reação de Christine ao saber do casamento arranjado e de como fora incompreendido por ela.

O zelo por sua família e o futuro da sua filha estavam em primeiro lugar para ele. Ele passaria por cima de quaisquer obstáculos para atingir seus objetivos. Mesmo que para isso ele perdesse o amor e o carinho de sua única filha. Ela lhe agradeceria depois, no futuro. Algum tempo depois o major chegou a sua casa, abriu a porta principal e entrou. A primeira pessoa que viu foi a esposa, dona Helena.

— Onde está Christine?

— Ela está no quarto, descansando.

— Chame-a imediatamente. Quero falar com ela.

Dona Helena bateu na porta do quarto da filha e a chamou. Momentos depois ela apareceu e ficou de frente com o major.

— É com a senhorita que quero falar mesmo. Que história é essa de falar com Cláudio? Ainda não compreendeu que vocês dois não têm futuro?

— O meu coração pediu para eu encontrar com ele e ver como ele está passando. O senhor pode me obrigar a me casar com outro homem, mas não apagará o que eu sinto por ele. O nosso amor é eterno.

— Você pagará caro por ter me desafiado. Eu sou o major, autoridade máxima desta região, e nem mesmo você, que é a minha filha, pode ir contra a minha vontade. Escute bem, a partir de hoje você está proibida de sair sem minha autorização, e eu farei algo que devia ter feito há muito tempo.

O major desenrolou o cinto de couro que estava em sua calça e num movimento rápido agarrou Christine com um de seus braços fortes e másculos. Christine tentou fugir, mas não conseguiu. Impiedosamente, ele começou a desferir golpes duros e certeiros com o cinto. Christine gritou de dor e sua mãe, dona Helena tentou salvá-la. O major a ameaçou, e ela se afastou. Ele continuou batendo em Christine por um tempo e, quando percebeu que já era o bastante, ele parou. Christine caiu exausta e ferida no chão. Dona Helena a socorreu, e o major se retirou.

Christine chorou, não de dor, mas por perceber que o pai era um crápula insensível. Ela não se arrependeu de nada do que fez nem do amor que sentia por Cláudio. Ela estava disposta a sofrer por algo que considerava sagrado. As surras do major e suas ameaças não a impediriam de sonhar com o seu verdadeiro amor. Afinal, que sentido teria a vida se ela perdesse as esperanças de ser feliz? Por amor, ela arriscaria a perdê-la caso fosse necessário.

Dona Helena, ajudou Christine a tomar um banho e depois a recolher-se em seu quarto. Ela não estava em condições de receber ninguém nem de realizar qualquer atividade.

A PRIMA DE GERUSA

Mimoso acabara de receber uma nova habitante que terminava de desembarcar na estação ferroviária. Tratava-se de Clemilda, a prima de Gerusa. Oriunda da Bahia, seu nascimento fora cercado de mistérios. Ela teria nascido exatamente quando sua mãe participava de um ritual em homenagem às forças ocultas. Desde que nascera, a menina apresentava certa habilidade para lidar com essas forças. Temendo os seus dons, sua mãe a abandonara logo cedo à porta de uma instituição de caridade. Ela foi resgatada pelos funcionários e criada como filha deles.

A partir de sua adoção, fatos misteriosos começaram a acontecer nessa mesma instituição. Vidros e espelhos se quebravam com frequência, incêndios sem aparente motivo ocorriam, e o som de garras podia ser ouvido no telhado e nas janelas. Num desses incêndios, ela foi a única criança a escapar. A instituição foi fechada, e ela ficara órfã novamente. Então ela foi recolhida por um morador de rua e começou a praticar pequenos delitos para sobreviver.

Seus dons foram descobertos, e seu benfeitor começou a usá-la para angariar riquezas. Ela cresceu fraudando, roubando e adulterando resultados de loteria. Pouco tempo depois seu benfeitor morreu, e ela ficou livre de suas influências. Ela ficara sozinha em Salvador. Então resolveu escrever uma carta para sua prima, Gerusa (que a visitava regularmente e fora a única da família que ela conheceu), contando-lhe a situação. Ela a convidou para ir morar em Mimoso, onde ela trabalhava como empregada numa casa de ricos. Clemilda prontamente aceitou.

Ela agora estava ali, na estação, plenamente convicta e tranquila de sua decisão. Colocaria seu plano em ação brevemente, pois já tinha total controle sobre as forças ocultas. Mimoso seria o local ideal para o seu reino de injustiças. Depois de conquistar Mimoso, pretendia dominar o mundo. Porém, para isso, teria que desequilibrar as "forças opostas" e usá-las a seu favor. Os passos para conseguir seriam lançar uma maldição, desvirtuar o amor verdadeiro e provocar uma tragédia. Com tudo concluído, poderia sufocar a verdadeira religião e tomar o controle de tudo.

Verificou o endereço contido na carta e perguntou onde ficava a uma pessoa que passava perto dela. Ela foi orientada e começou a caminhar. O seu pensamento estava cheio de energias negativas, e ela só pensava em destruir, humilhar e perverter. Em sua mala, carregava um oráculo que servia de intermediário entre ela e o deus das trevas. Ela se lembrou do seu primeiro contato com o submundo e de como se sentiu feliz e poderosa ao conseguir tal façanha. Depois, tinha tido inúmeros contatos. A última mensagem que recebera tinha esclarecido certos fatos desconhecidos para ela. Agora estava pronta para agir e iniciar seu reino de injustiças.

Continuou caminhando e em pouco tempo avistou o belo bangalô. Sentiu um misto de angústia e sofrimento dentro da casa. Ela riu, pois sentia prazer nessas situações. Caminhou um pouco mais rápido e logo chegou à casa. Bateu palmas e gritou para ser atendida. Alguns instantes se passaram, e Gerusa veio atendê-la.

— Minha prima, Clemilda. Que bom vê-la aqui.

— Cheguei faz pouco tempo. Você já arranjou um lugar para mim?

— Ainda não. O major está em casa e você pode falar com ele pessoalmente. Entre.

Clemilda aceitou o convite imediatamente. Entrou na casa (acompanhada de Gerusa) e foi falar com o major. Ela o encontrou na sala.

— Senhor major, esta é a minha prima, Clemilda, que veio da Bahia. Ela veio falar com o senhor.

— Muito prazer. Meu nome é Quintino e, como deve saber, sou a maior autoridade política desta região. O que quer?

— Minha prima Gerusa convidou-me a vir morar aqui em Mimoso, pois fiquei sozinha em Salvador. Eu queria saber se o major poderia arranjar um bom emprego e também um local para morar para minha pessoa.

— Bem, uma das minhas casas está desocupada e como você é prima da Gerusa, que há tantos anos está comigo, eu posso cedê-la a você. Quanto ao emprego, nada me vem à mente neste momento, mas, quando aparecer uma boa oportunidade, eu aviso. Era só isso? Gerusa vai dar as chaves da casa. Na verdade, é um castelo gigantesco. Acho que você vai gostar.

— Era só isso. Obrigada.

Contente por conseguir acomodação, a feiticeira partiu para sua nova residência. O próximo dia seria o início de seus planos cruéis.

A "BÊNÇÃO"

Um dia após a chegada de Clemilda, os residentes do lindo bangalô estavam tomando o café da manhã. Christine evitou falar com o pai, pois ainda estava ressentida com a surra que levara. Dona Helena e o major conversavam livremente.

— Quer dizer que o rapaz não vem conhecer nossa filha? Eu acho isso um absurdo — disse dona Helena.

— O pai dele prefere assim. É para manter um certo ar de mistério. É uma pena que nossa filha não esteja apreciando a ideia de casar-se. Eu daria qualquer coisa para convencê-la de que isso é o melhor a fazer — afirmou o major.

— Esquece. Não me peça o impossível.

Gerusa ouviu a conversa e resolve intervir.

— Eu conheço alguém que pode ajudar. Minha prima Clemilda é experiente em relacionamentos.

— Eu acho uma boa ideia. Gerusa, acompanhe minha filha até a residência da dona Clemilda. Se ela conseguir, eu a recompensarei — assegura o major.

— Eu não vou – afirmou Christine.

— Você não tem de querer. Não me obrigue a surrá-la mais uma vez — ameaçou o major.

Um estremecimento percorreu o corpo de Christine ao se lembrar do castigo. Ela não estava disposta a experimentar aquela sensação outra vez. Concordou apesar de não ser essa a sua vontade. Ela se levantou da mesa e acompanhou Gerusa. As duas saíram da casa e já avistaram a residência de Clemilda, que ficava logo em frente. Christine sentiu um calafrio como um aviso para que ela não fosse. No entanto, o medo do pai era maior, e ela resolveu ficar calada. Os poucos metros da residência foram percorridos. Gerusa bateu na porta para ser atendida. Em poucos instantes, Clemilda apareceu.

— Estava esperando vocês. Entrem. Essa é Christine, não é mesmo?
— Como a senhora me conhece?
— Todos comentam sobre você. Falam de sua beleza e de seus bons sentimentos. Eu apenas deduzi quando você chegou. Bem, entrem.

Gerusa e Christine entraram no ambiente carregado por forças negativas. Os objetos que compunham o cenário de terror tinham sido previamente retirados por Clemilda.

— Trouxe Christine aqui para você aconselhá-la a aceitar o casamento arranjado que o major tratou. Ela mostra-se resistente a essa ideia.
— Bem, creio que posso conversar com ela. Gerusa, pode nos deixar a sós? A propósito, tem uma pilha de objetos a serem lavados, na cozinha.
— Você não muda nunca. Sempre querendo me explorar. Gerusa obedeceu e foi à cozinha. Clemilda se aproximou de Christine e começou a dar voltas em torno dela.
— Vejo um rapaz em seu caminho. Chama-se Cláudio, não é mesmo? É um rapaz jovem, sarado e bonito. Vocês se conheceram no trabalho, e a semente do amor foi depositada em seu coração. No entanto, pense comigo, por que ele não se interessaria por você? É jovem, bonita, inteligente e, além de tudo, filha de um major poderoso. Será que o amor que você sente não é solitário? Eu garanto que ele teria todos os motivos para isso: orgulho, ambição e poder. É isso que as pessoas procuram. O amor que você desenhou em seu coração é apenas uma ilusão.
— Não vai me convencer tão facilmente. Eu conheço Cláudio e o que sentimos é verdadeiro. Eu não preciso ler a mente dele para ter

certeza dos seus sentimentos. Ilusão é esse casamento que arranjaram para mim.

— Já pensou que tudo pode não passar de um plano? Não acha estranha a amizade repentina que você arranjou? As pessoas são mesmo previsíveis. O que elas querem é estar por cima não importando o sentimento dos outros.

— A sua boca venenosa não vai me confundir. Eu não devia ter vindo aqui, não me sinto nem um pouco bem.

— Espere, querida. Deixe-me abençoá-la para que seja feliz em seu casamento.

Antes que Christine pudesse responder, Clemilda colocou a mão sobre sua cabeça. Ela pronunciou palavras ininteligíveis e Christine começou a ficar tonta. Um turbilhão de energia saltou de suas mãos e penetrou na cabeça de Christine. A operação durou pouco mais de 30 segundos. Depois, Christine retirou a mão e chamou Gerusa. Assim que ela atendeu, as duas saíram da residência de Clemilda e voltaram para casa. A bênção transformara Christine numa mutante.

FENÔMENOS

Após o intrigante encontro com a feiticeira Clemilda, Christine começou a sentir-se totalmente diferente de antes. As atividades habituais que realizava e lhe davam prazer, como fazer tricô, ler e ir ao trabalho passaram a ser tediosas. O que permanecia intacto e era o único nesse sentido fora o sentimento que nutria por Cláudio. Além disso, estranhos fenômenos começaram a acontecer em sua volta.

O tricô que ela aprendera desde criança subitamente não formava mais nenhuma peça. As linhas pareciam não ter mais sentido. Ao ler um livro, a página que estava lendo fora atingida por um raio de fogo e queimou. Ela sentiu os olhos ardendo nesse momento. Ao aproximar-se de objetos metálicos, ela os atraía. A cada descoberta, ela se desesperava ainda mais e pensava o que aquilo tudo representava. Será que era uma maldição? O que ela se tinha tornado? Ninguém poderia saber ou caso contrário ela correria o risco de ser internada e médicos do mundo inteiro iriam fazer experiências com ela.

Com o intuito de evitar que descobrissem, deixou de sair com os amigos e só participava de atividades sociais estritamente necessárias, como o trabalho, por exemplo. Em todas as ocasiões procurava controlar-se, pois os fenômenos só ocorriam quando ela estava desestabilizada emocionalmente. A fim de livrar-se da maldição, recorreu a vários métodos, porém nenhum deles se revelou eficaz. Amargurada e irritada, Christine isolou-se cada vez mais em seu próprio mundo.

UMA NOVA AMIGA

A rotina do trabalho, a cada quinze dias, praticamente era a única atividade social que Christine realizava. Através dele ela conheceu inúmeras pessoas com as quais fez amizade. Entre elas, destacou-se uma pequena jovem, mais ou menos da idade de Christine, de nome Rosa. A simpatia foi mútua e, todas as vezes que se encontravam, ficavam um bom tempo a conversar. Numa dessas ocasiões, Christine a convidou para ir a sua casa, e ela prontamente aceitou. No dia e no horário marcados, lá estava Rosa, adentrando o jardim da casa e batendo palmas para se fazer anunciar. Gerusa, a empregada da casa, a atendeu.

— O que quer?

— Eu vim falar com Christine.

— Um momento que eu vou chamar.

Algum tempo depois Christine apareceu e convidou Rosa para ficarem juntas na varanda da casa, pois era o local mais ventilado e tranquilo para ficar.

— Bem, Christine, quero conhecê-la melhor. Você tinha me dito anteriormente que ia ser freira. Como era o convívio no convento?

— Eu passei três anos de minha preciosa vida lá. Bem, as freiras eram legais comigo apesar de serem bastante rígidas. O tempo dedicado à oração era bastante extenso e isso me aborrecia às vezes. Eu era da opinião que, para o ser humano entrar em contato com Deus, não era necessário tanta abnegação e devoção, pois Deus é onisciente e entende tudo o que desejamos. Com o tempo, elas perceberam que eu não tinha vocação e me mandaram embora de lá.

— Então você saiu da clausura e voltou para o mundo. Você não se arrependeu dessa decisão?

— Depende do ponto de vista. Imediatamente, não. Porém, agora, que o meu pai está me forçando a me casar, penso que estaria melhor se estivesse lá. Embora fosse uma fuga do mundo injusto que vivemos onde os pais decidem o futuro dos filhos.

— Você se apaixonou ou amou alguma vez?

— Quando estava no convento, conheci o filho do jardineiro que me cativou. Pensei que fosse amor naquele momento, mas, logo após o seu abandono, percebi que tudo não passou de uma paixão. O amor verdadeiro, conheci com Cláudio, meu companheiro de trabalho. No entanto, a oposição dos meus pais tornou o nosso relacionamento impossível. Minha única esperança é o pedido que fiz na montanha que todos dizem ser sagrada. Fale-me um pouco de você. Também já amou?

— Como eu tinha dito, tenho um namorado chamado Felipe, filho do dono do armazém. Nós dois nos amamos e quem sabe um dia possamos nos casar. Os nossos pais têm dado total apoio.

— Eu invejo você. Não sabe o quanto me dói a incompreensão dos meus pais. Queria ser uma jovem comum e não a filha do todo-poderoso major.

Lágrimas escorreram do rosto de Christine e a amiga tentou consolá-la. O fardo que ela carregava nas costas era pesado demais para sua imaturidade. Ela queria ser feliz e via a oportunidade escorrer-lhe pelas mãos. Faltavam apenas dois dias para ela se entregar a um casamento sem futuro e a um desconhecido de quem ela só sabia o nome. Vendo que a amiga não tinha mais condições de conversar, Rosa despediu-se e prometeu voltar em outra oportunidade. A sua amizade era importante para que Christine não se sentisse sozinha e totalmente abandonada.

UM DIA ANTES DO CASAMENTO

A proximidade do casamento fez com que Christine ficasse cada vez mais agitada. Ela tinha ido falar com o padre, conversar com a amiga e feito a última tentativa de convencer os pais para que desistissem de casá-la. Porém, nenhum resultado obteve. O padre a aconselhara a resignar-se e aceitar sua situação. Como ela podia fazer isso? Eram sua vida e felicidade que estavam em jogo. Aprendera, no convento, que todos os seres humanos eram livres para tomar suas decisões e guiar o seu próprio destino.

Seus direitos estavam sendo suprimidos por uma estrutura de sociedade em que os filhos são casados pelos pais. Com a amiga, deliberou sobre o seu futuro e o de Cláudio. Nenhuma das duas encontrou uma alternativa real e palpável que pudesse levar os dois a ficarem juntos, a não ser a esperança da montanha sagrada e o pedido que Christine fizera a ela. Era o que restava a ela: esperar um milagre ou o improvável.

Christine saiu em direção ao terraço e começou a observar o céu. Ela se lembrou dos momentos que passou na montanha e das estrelas que ela e Cláudio observaram juntos. Elas eram testemunhas do sentimento que unia os dois e, mesmo que o major e as convenções sociais nunca permitissem, os dois continuariam a se amar. Olhando o céu, desejou que o mundo futuro fosse melhor e mais justo e aqueles que realmente conhecem o amor consigam alcançar a felicidade. Ela se lembrou de Deus e o quanto aprendera o quão Ele é maravilhoso. Ela pediu que Deus realizasse os sonhos dos mais simples sonhadores independente de entrar na Gruta ou de qualquer outra coisa. Ela também pediu forças para suportar seu martírio até o fim. Afinal, agora era uma mutante desiludida no amor. Ela chorou as últimas lágrimas que tinha para chorar e voltou para casa.

TRAGÉDIA

Amanhecera, finalmente, e significava que o terrível dia chegara. Christine acordou, mas tentou fingir que estava dormindo para não encarar a realidade. Quem sabe não se esquecessem dela e tudo o que sofrera nesses últimos dias não passasse apenas de um simples pesadelo? Ela queria abrir os olhos e encontrar Cláudio, o seu verdadeiro amor. Queria casar-se com ele e não com um estranho, filho do coronel de Rio Branco.

Por um momento, pensou estar no Sucavão e relembrou cada detalhe do que aconteceu lá. Ela parecia estar lá, sentindo a força da água, o abraço másculo de Cláudio e seu perfume natural. Ela mergulhou fundo nesse pensamento até que um fio de voz a perturbou e a trouxe de volta à realidade. Era sua mãe.

— Christine, minha filha, acorde, pois, os convidados do casamento já estão chegando. Esqueceu que ele será realizado às oito horas da matina?

— Ah, mamãe. Tenha paciência. Eu mal dormi a noite inteira pensando nesse casamento.

Christine levantou-se mal-humorada e foi ao banheiro tomar uma ducha. Sua mãe ficou esperando no quarto. Cerca de vinte minutos depois, ela voltou e já encontrou seu belo vestido sob a cama. Ela o observou e o achou bonito apesar de melancólico. Sua mãe a ajudou a vestir-se e a maquiar-se. Com tudo pronto, ela se aproximou do espelho para ver como ficou. Viu uma Christine abatida apesar de bonita. Pensou no sentido de tudo aquilo que estava para acontecer e sobre o seu futuro ao lado de um homem desconhecido. Repentinamente, o espelho trincou e se quebrou, com um grande estalo. Christine gritou, e sua mãe correu para socorrê-la. Felizmente, ela não se feriu. Sentiu um grande aperto no coração e se perguntou sobre o que ia acontecer. Ela se lembrou do seu sonho que tantas vezes se repetira. A mãe a acalmou e disse que não era nada. As duas foram para a sala para conhecer a família do noivo e receber alguns convidados. O major pegou a mão de Christine e começou a apresentá-la.

— Senhor Henrique, esta é a minha filha Christine. Não é bela?

— Sim, é muito bela. O meu filho é um homem de sorte. Hoje se concretizará a união de nossas famílias, e isto me torna muito feliz.

Christine fez um riso forçado para não ser desagradável. A mãe do noivo também tentou ser simpática.

— Quando você já estiver casada e precisar de ajuda, é só me pedir. As mulheres de nossa família são muito unidas.

Karina, a irmã do noivo, também se apresentou, e Christine elogiou o seu penteado. O major e dona Helena deram as boas-vindas aos convidados que ainda vinham chegando. Quando o relógio bateu exatamente oito horas da manhã, todos saíram para o terraço onde seria realizado o casamento. Christine foi levada pelo major até o altar improvisado.

A caminho do altar, ela teve a oportunidade de ver, de relance, rostos com expressões ansiosas. Viu a madre superiora e as freiras que conviveram com ela no convento. Também viu seus primeiros mestres e primos que vieram do Recife. Em todos, ela pode perceber a expectativa e a emoção do momento. Avançando um pouco mais, ela já podia encarar o noivo e o padre Chiavaretto.

Subitamente, uma raiva interior a dominou e a fez detestar os dois. Por que aquele homem chamado Bernardo tinha aceitado casar-se com ela? Afinal, ele era homem e tinha mais liberdade de ação. Ela se entregaria a um casamento sem futuro e seria infeliz para o resto da vida. E quanto ao padre? Como ele se prestava a participar daquela farsa? A Igreja devia ter tomado partido em vez de aceitar a situação e ainda ser cúmplice dela. Ela se aproximou mais do esposo, e sua raiva não diminuiu.

Ao encará-lo, um raio vindo do fundo dos seus olhos o atingiu bem em cheio no peito. Ele caiu, desfalecido. A comoção na plateia foi geral e Christine caiu aos seus pés.

— Ela é um monstro! – Alguns gritam.

O major agiu rapidamente e mandou seus capangas ajudarem Christine a se levantar e a protegê-la da multidão revoltada. Enquanto isso, as freiras se benziam, não acreditando no que viam. A família do noivo tentou pressionar o delegado que estava prestes a tomar alguma atitude, mas o major rechaçou os ânimos. No fim, Christine foi salva, e o major dispensou os convidados. A festa e todo o coquetel foram cancelados. O casamento arranjado resultara numa tragédia.

A NUVEM NEGRA

Com a tragédia concluída, Clemilda começou a lançar um feitiço que atingiria toda a região de Mimoso. Ela tinha autoridade para fazer isso, pois havia cumprido os três passos para tal: tinha lançado uma maldição, desvirtuou o amor verdadeiro e provocou uma tragédia. Agora, o ministério da impiedade estava pronto para agir e sufocar o cristianismo. Ela se avizinhou do caldeirão e colocou nele os últimos ingredientes do feitiço. Pronunciando palavras ininteligíveis, dançou ao redor dele. Parou bruscamente e disse com uma voz grossa e forte:

— Nuvem negra, apareça!

Imediatamente, uma grande nuvem espessa de cor negra encobriu o céu de Mimoso. O sol também foi encoberto e a iluminação natural diminuiu sensivelmente. O feitiço estava programado para agir todo dia depois das 12horas. Assim, a feiticeira teria o seu poder duplicado e poderia agir mais livremente.

OS MÁRTIRES

Logo após a implantação da nuvem negra, a feiticeira começou a agir. Tratou de contratar dois pagãos de nomes Totonho e Cleide para auxiliá-la em seus trabalhos de magia negra. Além disso, instruiu os dois a se livrarem dos representantes do cristianismo do lugar. As primeiras vítimas foram o padre Chiavaretto e o frei Nunes, que estava de passagem em Mimoso.

Além deles, alguns fiéis foram decapitados, e outros postos a queimar numa grande fogueira. Depois dos assassinatos, eles se puseram a destruir a pequena capela do lugar, que fora erguida em honra de São Sebastião. Não sobrou praticamente nada, a não ser o crucifixo, que resistiu intacto às tentativas de destruí-lo. Era o símbolo de que o cristianismo ainda estava vivo e poderia reagir.

Com a dominação completada, o círculo das "forças opostas se desfez e gerou um desequilíbrio. Se essa situação permanecesse por muito tempo, Mimoso correria o risco de desaparecer porque as forças do bem não permaneceriam de mãos atadas ante esse sacrilégio. Então, no fim, aconteceria uma guerra imprevisível que poderia destruir os dois mundos.

FIM DA VISÃO

A *sequência de imagens da* visão que preenchia totalmente a minha mente subitamente parou. A consciência gradativamente foi retornando e encontrei-me segurando a folha de jornal com a manchete: "Christine, a jovem monstro". Eu a observei bem e achei a manchete totalmente inadequada, pois a tragédia que acontecera não fora, de nenhuma forma, culpa de Christine. Ela era mais uma das vítimas das armações cruéis da poderosa feiticeira Clemilda.

Subitamente, comecei a entender o porquê da minha viagem no tempo e da minha vitória sobre a Gruta. Eu fazia parte de uma trama do destino para tentar recuperar o querido Mimoso da tragédia. Minha missão era reunir as "forças opostas" e socorrer a dona do grito que escutei na Gruta. Eu já tinha plena certeza de que a dona dessa voz era a bela senhorita Christine.

Uma Christine mutante e totalmente amargurada me esperava. Eu teria que convencê-la a reagir, torná-la minha aliada na luta contra as forças do mal. Para isso, eu teria que lembrar dos ensinamentos da Guardiã e da temida Gruta do Desespero, a Gruta que tinha realizado os meus sonhos e me tornado o Vidente. Eu tinha agora um novo desafio e estava disposto a cumpri-lo.

Com o jornal nas mãos, li toda a reportagem sobre o caso de Christine. Afirmavam que ela era monstro desde criança e apenas agora fora descoberta. Um misto de indignação e revolta preencheram todo o meu ser. Como aqueles jornalistas tinham coragem de publicar aquilo? Eles tinham se aproveitado da tragédia para dizer mentiras. Christine nunca fora um monstro nem era um monstro. Ela apenas tinha sido amaldiçoada por uma bruxa má e perversa. Cabia agora aos seres do bem ajudá-la e curá-la.

Continuei lendo o jornal, e eles afirmavam que Christine era uma jovem rebelde que saíra do convento por mau comportamento. Novamente me revoltei e tive vontade de rasgar toda a notícia. Malditos jornalistas, eles distorceram tudo para ganhar dinheiro. Christine fora uma jovem submissa e por isso seguira os conselhos da mãe ao enclausurar-se num convento. Quando as freiras perceberam que ela não tinha vocação, expulsaram-na de lá.

Desisti de ler toda a notícia, pois ela não era verdadeira. A visão me bastava para eu saber onde estava pisando. Peguei o jornal e o devolvi à gaveta do armário, ao lado da mesa, onde o tinha encontrado. Eu me levantei e comecei a desenhar o plano de ação em minha mente. Eu teria que reunir as "forças opostas" e ajudar Christine a encontrar seu destino. Eu me aproximei da porta e estava a ponto de abri-la.

DEPOIMENTO

Quando abri a porta fui surpreendido ao perceber uma reunião de pessoas na pequena sala do hotel. O que significava tudo aquilo? Eu me aproximei para perguntar.

— O que está acontecendo aqui?

Pompeu, o delegado, tomou a palavra:

— Estamos aqui porque denúncias graves foram feitas contra você. Precisa nos acompanhar, rapaz.

O delegado fez sinal para seus subalternos, e eles trouxeram consigo algemas. Eles as colocaram nos meus braços e senti-me como os escravos no tempo do Império, injustiçado. Dona Carmem tentou intervir, mas o delegado não a escutou.

— É necessário mesmo isso? Eu me sinto com a consciência tranquila.

— Vamos ver isso na delegacia, meu caro – disse o major.

Atendendo a ordens, comecei a caminhar, e o comboio partiu junto. Ao sair do hotel, percebi que havia muito mais gente interessada na questão. O que eles queriam comigo? Eu tinha cometido algum crime? Desde que eu chegara, em Mimoso, havia me esforçado para chamar o mínimo de atenção.

No entanto, agora estava sendo algemado e levado para a delegacia. Comecei a me preocupar sobre o que exatamente dizer para eles.

Eu não poderia falar toda a verdade e colocar em risco uma missão. Eu teria que defender-me das acusações com muito bom senso e inteligência. Comecei a pensar em Cláudio e no modo como ele fora jogado na prisão. Eu iria pensar numa forma de evitar que o mesmo acontecesse comigo.

Uns dez minutos após a saída do hotel, finalmente chegamos à imponente delegacia do lugar. Entraram comigo o delegado Pompeu e o major Quintino. Os outros ficaram fora esperando alguma decisão. Ao entrar no gabinete privativo do delegado, eles retiraram minhas algemas e fiquei mais aliviado.

— Bem, sente-se, senhor Vidente. Eu agora faço as perguntas. Primeiramente, qual é o seu verdadeiro nome e de onde o senhor é? — Inquiriu o delegado.

— Meu nome é Aldivan e sou de Recife.

— O que o senhor, sendo de Recife, veio fazer por essas bandas? Em que o senhor trabalha?

— Eu sou repórter do Diário da Capital e vim procurar uma boa história. Garanto que as minhas intenções são as melhores possíveis. Não sou nenhum criminoso nem quero prejudicar ninguém.

— O que me diz dos incessantes interrogatórios que o senhor está submetendo as pessoas do lugar? O que pretende?

— Faz parte da minha estratégia de trabalho, que é coletar informações. Porém, se isso tornou-se constrangedor, posso parar.

— Como o senhor deve saber, a rainha Clemilda baixou um decreto contra sua pessoa. O que me diz disso? Por acaso, é inimigo dela?

— Acho que é melhor eu não responder essa questão.

— Bem, não tenho mais perguntas. Major, tem alguma dúvida que queira perguntar a esse sujeito?

— Sim. Eu quero saber se ele trabalha para os oposicionistas do governo.

— Não, de forma nenhuma. Procuro não me meter em assuntos de política, apesar de considerar o sistema atual bastante injusto.

— Bem, senhor Aldivan, penso que deixarei o senhor ficar na prisão alguns dias para verificar se tudo o que foi dito aqui é verdade.

— Não ficarei. É injusto. Se cometer essa arbitrariedade, eu o denunciarei ao governador do qual sou amigo íntimo.

O major e o delegado ficaram espantados com minha reação e com a notícia que eu acabara de dar. Eles se reuniram e resolveram não arriscar. No fim, fui liberado, apesar dos protestos de algumas pessoas fora da delegacia. O meu plano tinha dado certo.

VOLTA AO HOTEL

Ao sair da delegacia, comecei a me perguntar por que o povo de Mimoso agia de forma tão passiva. Eles viviam sob a tirania de uma feiticeira e de um major cruéis. Pensei que talvez fosse o medo que congelasse qualquer reação deles. Subitamente, comecei a lembrar das três portas das quais tinha que escolher uma para avançar na Gruta.

Elas representavam o medo, o fracasso e a felicidade. Lá aprendi a controlar os meus medos e a enfrentá-los, apesar de todos os fatores da Gruta que o desencadeavam, como o escuro, o inesperado e as armadilhas. Aprendi também a encarar o fracasso não como o fim de tudo, mas sim como o recomeço de um novo planejar. Acabei escolhendo a porta da felicidade, o que não raro as pessoas não escolhem. Muitas ficam presas ao cotidiano, ao egoísmo, às regras morais, à vergonha e à própria capacidade de sonhar. São essas que fracassam e têm medo. Elas nem sequer arriscariam a entrar na Gruta para realizar os seus desejos. Elas se tornavam pessoas infelizes e sem amor próprio.

Observei ao meu lado. Vi pessoas que nem sequer me conheciam revoltadas com a minha liberação da delegacia. No fundo do coração elas já me julgaram e condenaram. Quantas vezes não fazemos isso? Quantas vezes não julgamos que somos os donos da verdade e temos o poder de condenar?

Lembre-se do que Jesus disse: "Retirai primeiro a trave do teu olho antes de apontar para o irmão." Ele disse isso porque todos nós temos defeitos, e isso torna o nosso julgamento parcial e obscuro. Somente quem conhece o coração humano e é livre de todo pecado tem a capacidade de ver tudo claramente. Observei pela última vez essas pessoas e senti pena delas, pois preferiram o seu juízo mesquinho em vez de refletirem sobre suas próprias vidas.

Eu as deixei para trás e continuei no meu caminho de volta ao hotel. Comecei a planejar mentalmente todos os passos que iria dar para reunir as "forças opostas" e ajudar a senhorita Christine. Ela tinha sido a dona do grito que ouvi na Gruta do Desespero e me levou a viajar no tempo. Uma viagem que era parte do meu processo de aperfeiçoamento espiritual e humano e, ao mesmo tempo, tinha o objetivo de corrigir injustiças.

Continuei a caminhar e depois de uns cinco minutos cheguei ao hotel. Renato e dona Carmem estavam me esperando no portão. Eles eram companheiros de luta. O próximo dia seria o momento mais adequado para iniciar meus planos.

A IDEIA

Os primeiros raios de sol acariciaram o meu rosto, e a força da iluminação natural acabou me despertando. Permaneci imóvel durante um tempo, pois não tive uma noite boa. Ainda me lembrava do pesadelo que tivera à noite e que me fez acordar.

No sonho, eu estava com alguns jovens conversando e falando sobre o meu livro. Eu falava das minhas expectativas e das esperanças de conseguir uma editora comercial para ele. Eis que surge um pequeno demônio agitando o local e assustando todo mundo. As pessoas fugiram e o demônio, que não mostrava o rosto, exclamou:

— Então você tinha tudo planejado?!

Nesse momento o pesadelo acabou e eu acordei, no meio da noite, transpirando muito. O que significava aquilo? Será que tinha algo a ver com a história de Mimoso? Eu não tinha certeza. O que eu sabia é que queria ter um lugar digno no universo e, se o meu destino e minha vocação apontassem para a literatura, eu seguiria com muito amor. Afinal, para que eu tinha entrado na Gruta se não para me transformar no Vidente, alguém capaz de transcender o tempo, prever o futuro e entender os corações mais confusos e aflitos?

Com esse pensamento, consegui me mexer na cama e levantar-me. Observei Renato, que ainda estava adormecido e me perguntei por que a Guardiã tinha insistido tanto comigo em trazê-lo se até aquele momento ele pouco contribuíra. O que poderia fazer uma criança por mim? Bem, eu não sabia. Desviei a atenção dele e dirigi-me ao banheiro para molhar um pouco o meu corpo. O banho certamente me deixaria com mais disposição. Entrei, abri o chuveiro e comecei a sentir os benefícios da água.

Pensei na minha família e nas saudades que tenho dela. Eu me lembrei da minha mãe e da minha irmã, e como elas se mostraram contrárias ao meu sonho. Um sentimento de perdão invadiu o meu ser e acabei esquecendo esse fato. Afinal, era eu mesmo que tinha que acreditar no meu talento e na minha vocação. Além de lavar o corpo, tentei limpar a minha mente de toda e qualquer impureza, pois tinha que estar preparado para vencer os obstáculos e desafios que porventura aparecessem. Desliguei um pouco o chuveiro e me ensaboei.

No momento em que uma pequena gota, sozinha, tocou a minha cabeça, viajei por dimensões distantes. Eu me vi, no céu, conversando com anjos e perguntando para eles qual o sentido da vida. Como resposta, escutei zumbidos que me deixaram mais confuso. Depois dos anjos, conversei com os apóstolos, um deles me disse que eu sou realmente especial para Deus. Ele me considera filho. Vi, de longe, a Virgem e ela me pareceu a mesma das outras vezes que a tinha encontrado: pura e sábia.

Depois, vi Jesus Cristo em seu trono, com toda a sua glória, e ele me disse para ser bom e confiar no meu talento. Tudo isso se passou em menos de um segundo, o tempo que a gota tocou a minha cabeça. Então eu vi o chuveiro, a água escorrendo no meu corpo e voltei à realidade. Decidi desligá-lo, pois estava suficientemente limpo. Ao sair do banheiro encontrei Renato ainda dormindo e me revoltei. Sacudi o corpo dele com força com o objetivo de acordá-lo. Ele se levantou resmungando e foi tomar banho. Aproveitei para ir à cozinha do hotel tomar meu café. Quando cheguei fui bem recebido por todos e dona Carmem me serviu uns petiscos.

— Quer dizer que ontem o delegado o liberou sem problemas? — Perguntou Rivânio.

— Eu consegui convencê-lo. Ele não tinha motivos para me manter preso lá.

— Você teve sorte, rapaz. É comum nesta vila acontecerem muitas injustiças. Um exemplo é o Cláudio. Ele está preso porque se engraçou com a filha do major — comentou Gomes.

— É mesmo uma pena. Se eu pudesse fazer algo por ele.

— É melhor não se atrever. O major o consideraria inimigo e seria uma perdição. Os métodos que o major usa para tratar seus inimigos não são nada agradáveis — alertou dona Carmem.

O aviso de dona Carmem me deixou bastante reflexivo. Eu tinha que tomar realmente cuidado, pois o major e a feiticeira não eram de brincadeira. Eu estava pisando em território inimigo e teria que jogar com as peças certas para sair vencedor. A conversa continuou a girar sobre outros assuntos, terminei de tomar o meu café. Assim que acabei, dona Carmem me chamou para uma conversa particular.

— Bem, está na hora de acertarmos as contas como eu tinha dito anteriormente. Você tem dinheiro?

— A pergunta me pegou um pouco de surpresa, mas acabei lembrando que tinha trazido algum na viagem. Pedi licença, procurei na mala e voltei com alguns trocados. Dona Carmem pegou o dinheiro e perguntou:

— De que país é esse dinheiro? Eu nunca tinha ouvido falar em reais. Infelizmente, não posso aceitar. Eu quero moeda nacional.

A resposta de dona Carmem me deu um estalo e percebi que em 1910 o meu dinheiro não tinha valor nenhum. Fiquei sem resposta.

— Bem, vejo que não tem dinheiro. Então você vai ter que arranjar um trabalho para me pagar. Que tal se trabalhasse para o major como jornalista?

— Eu não creio que seja uma boa ideia. Porém, é a única opção que tenho. Vou falar com o major e pedir o emprego.

— É assim que se fala. Eu desejo boa sorte para você.

Dona Carmem me deu um abraço e se retirou. A sua ideia não era tão má. Eu teria oportunidade de conhecer Christine e, quem sabe, ter um contato com ela.

A FIGURA DO MAJOR

Após ter falado com dona Carmem e ela ter me dado a ideia, resolvi definir logo. Afinal, o tempo estava passando e eu tinha agora pouco mais de duas semanas para reunir as "forças opostas" e ajudar Christine a encontrar o seu destino. Pensando nisso, fui ao meu quarto, coloquei uma boa roupa e parti. Ao sair do hotel, comecei a me concentrar e a pensar na melhor forma de tratar o major, pois ele era um homem difícil, preconceituoso, orgulhoso e autoritário. Christine e Cláudio eram algumas das vítimas de sua forma de pensar e agir. Eu não queria ser mais um nessa relação e precisaria escolher as palavras certas.

Continuei a refletir sobre o major e pensei nas inúmeras dificuldades que ele passou quando era apenas uma criança. No entanto, ele parecia não ter aprendido nada, pois não perdia a oportunidade de humilhar e prejudicar as pessoas. A vida endurecera seu coração e sua alma. Ele não era um patrão dos sonhos de ninguém, mas eu precisava do emprego para realizar meus planos.

Por um instante, parei de pensar nele e acelerei um pouco os meus passos, pois já estava próximo do bangalô. Observei ao meu redor; as pessoas que encontrei eram tristes e conformadas. Pensei que o povo de Mimoso era em parte responsável pela atual situação de tirania e de injustiças que ocorriam no lugar. Eles eram dominados por uma feiticeira perversa e por um major representante do coronelismo. Um ameaçava o povo com magia negra, o outro usava a força para intimidar e maltratar. Ambos poderiam ser derrubados se todos se unissem em rebelião contra eles. A falta de iniciativa e o conformismo os mantinham na mesma situação, dominados.

Então as forças do bem agiram e me fizeram viajar para uma montanha que todos diziam ser sagrada. Lá conheci a Guardiã, a jovem, o fantasma, o menino, realizei três desafios e entrei numa Gruta capaz de realizar os sonhos mais profundos. Na Gruta, escapei de armadilhas e avancei cenários até chegar ao ponto final. Fui transformado em Vidente e viajei no tempo perseguindo uma voz que não conhecia. Era a voz da senhorita Christine, uma recém- mutante, filha do major. Um major que eu iria agora enfrentar para arranjar um emprego e pagar o que eu devia a dona Carmem. Finalmente cheguei ao bangalô, a empregada da casa veio me atender, no jardim.

— O que o senhor deseja?

— Meu nome é Aldivan, sou jornalista. Quero falar com o major. Ele está?

— Sim. Pode entrar, ele está na sala.

Com o coração acelerado entrei no belo bangalô. A ansiedade e o nervosismo estavam me matando. Cheguei à sala e cumprimentei o major.

— Que bons ares o trazem aqui, senhor Vidente?

— Bem, como o major sabe, sou jornalista. Então eu pensei que vossa senhoria poderia precisar dos meus préstimos e resolvi vir aqui acertar o meu contrato.

— Olha, eu não conheço bem sua pessoa e ainda não tenho certeza se o senhor é espião ou faz parte da oposição. Creio que não posso ajudá-lo.

— Eu garanto que sou confiável, e um major do seu porte precisa de um respaldo jornalístico junto à sociedade. É como diz o ditado, a notícia é quem cria o homem.

— Olhando por esse lado, até acho uma boa ideia. Façamos uma experiência para ver se dá certo. Porém, se prejudicar a minha imagem, será tratado como meu inimigo, e o senhor já deve ter ouvido falar que isso não é nada confortável. Quanto ao salário, será um bom dinheiro. Não se preocupe.

— Obrigado. Prometo não o decepcionar. Quando começo?

— Comece a trabalhar o quanto antes. Quero ver meu nome divulgado em todo o Pernambuco. Quero ser lendário e lembrado por muitas gerações.

— Assim será, major. Eu prometo.

Eu me despedi e fui embora. Com a missão cumprida, senti-me mais tranquilo e confiante. Convencer o major não tinha sido tão difícil, pois ele tinha sede de poder e fama. Eu havia tocado em seu ponto fraco e por isso saí vencedor.

O TRABALHO

O major deu as primeiras instruções e comecei a trabalhar em prol do seu nome. Basicamente, minha função era fortalecê-lo, divulgando seus atos e favores à população local e contribuir para sua campanha na qual concorreria para prefeito. Essas atribuições não me deixavam em posição confortável, pois eu era totalmente contrário aos ideais do coronelismo e das atitudes do major. Porém, eu sabia que essa era a única chance de me aproximar de Christine, que estava reservada depois da tragédia.

O meu lema era: "Os fins justificam os meios." Uma das primeiras notícias que tive que divulgar foi a seguinte: "Major ajuda famílias carentes." Especifiquei a data, falei da bondade do major e das suas ações, mencionei o agradecimento das pessoas e da situação catastrófica em que eles se encontravam. Entretanto, não foi divulgado o principal. Não mencionei que o dinheiro usado para comprar as cestas básicas provinha de impostos e que, no ato, o major exigiu das famílias seus votos para sua candidatura de prefeito. O ato de "bondade" não passava de um jogo de interesses muito usado no tempo do coronelismo.

Eu agora me tornava cúmplice desse sistema mesmo contra a vontade. Tentei não pensar mais no assunto e continuei trabalhando. A minha estratégia agora era encontrar uma forma de comunicar-me com a senhorita Christine e fazê-la encontrar seu próprio destino.

O PRIMEIRO ENCONTRO COM CHRISTINE

Com um monte de material que produzira, aproximei-me do bangalô onde residia o major. Era necessária sua aprovação para posterior publicação dos trabalhos. No meio do caminho, ideias me assaltaram e eu intencionava mencioná-las ao major. Pensei melhor e acabei desistindo da ideia, pois o major era um homem rígido e geralmente não aceitava sugestões. Caminhei mais alguns passos e finalmente cheguei à residência. Ao bater palmas, uma bela moça veio atender-me.

— O que quer, senhor?
— Eu vim falar com o major.
— Ele não está. Pode vir outra hora?
— Não tem problema. Poderia falar com você? É a senhorita Christine, não é mesmo?
— Sim, sou eu. E quem é o senhor?
— Meu nome é Aldivan, sou repórter do Diário da Capital. Eu trabalho para o seu pai.
— Ah, meu pai já comentou sobre o senhor. Está fazendo reportagens sobre ele, não é mesmo?

— Sim. Além disso, eu estou interessado em sua história. Poderíamos conversar um pouco?

— Minha história? Creio que não lhe diz respeito.

— Eu insisto. Eu poderia ajudá-la a encontrar-se. Basta me dar a oportunidade.

Subitamente, os olhos de Christine fixaram-se nos meus e nossas correntes de pensamento se encontraram. Em poucos instantes, ela teve a oportunidade de me conhecer um pouco. Ela pensou algum tempo e se decidiu.

— Está bem. Vou buscar duas cadeiras para nos sentarmos aqui na varanda.

Entrou na casa e voltou pouco tempo depois. Ela se sentou ao meu lado e pude sentir o seu bom perfume de aromas naturais.

— Bem, Christine, o que me chamou a atenção foi a notícia que li num jornal de Recife há pouco tempo. Eles falam da tragédia e de sua pessoa.

— O que está escrito é verdade e foi noticiado em todo o Pernambuco. Eu sou um monstro! Eu sou um monstro! Acabei com a vida daquele rapaz que era tão vítima daquela situação quanto eu. Agora, depois da tragédia, estou sozinha e todos fogem de mim. Não tenho mais amigos nem Deus. Eu estou no fundo do poço.

— Não fale isso, Christine. Se você se sente culpada, liberte-se, pois o que aconteceu foi uma trama sórdida das forças do mal representadas por Clemilda. Elas retiraram tudo de você até o seu Deus. Se reagir, pode haver uma esperança.

— Como você sabe de tudo isso? Quem é realmente?

— Se eu tentasse explicar agora, você não entenderia. Quero que saiba que em mim encontra um grande amigo para todas as horas. Você não está mais só.

Lágrimas escorreram pelo rosto de Christine com a minha sinceridade. Ela me abraçou e disse que estava muito carente de afeto. Tentei reiniciar a conversa.

— Conte-me como foi sua experiência no convento. Você encontrou Deus lá?

— Sim, encontrei. No entanto, podemos encontrar Deus em qualquer outro lugar. Ele está na água da cachoeira que desce entregue ao seu destino, no canto dos pássaros na alvorada, no gesto da mãe que protege o filho. Enfim, Ele está dentro de nós e pede para ser escutado continuamente. Quando percebi isso e aprendi a escutá-lo, entendi que minha vocação não era ser freira. Aprendi que posso servi-lo de outras formas.

— Admiro você por esse gesto e concordo com sua definição. Quantas pessoas não se enganam a vida inteira e se entregam a caminhos que não são os delas; às vezes, por influência dos pais, da sociedade, ou por não saber escutar essa voz interior que todos nós temos e você chamou de Deus. Já que você decidiu abandonar a vida religiosa, suponho que encontrou o amor.

— Sim, mas não quero falar sobre isso. Ainda me dói muito a tragédia e todos os acontecimentos anteriores a ela.

Resolvi respeitar o silêncio de Christine e não me atrevi a perguntar mais nada. Eu me despedi e perguntei se poderíamos conversar uma outra hora. Ela disse que sim e fiquei feliz. O meu primeiro encontro com Christine tinha sido um sucesso.

RETORNO AO CASTELO

Depois do primeiro encontro com Christine, resolvi novamente encarar a poderosa feiticeira Clemilda. Ela teria que saber que as forças do bem estavam agindo e o seu ministério de impiedade estava chegando ao fim. Com esse intuito, eu me aproximei novamente do temido castelo negro. Ele tinha o mesmo aspecto da vez anterior e comecei a sentir calafrios, a respiração irregular e o coração bastante acelerado.

Que misticismo era esse? As "forças opostas" gritavam dentro de mim. Ao chegar mais perto, vozes perturbadas e confusas tentaram me tirar do objetivo. Eu me ajoelhei no chão e tentei limpar a mente para prosseguir. As vozes eram mesmo muito fortes. Comecei a me lembrar dos ensinamentos da Guardiã, dos desafios e da Gruta. Eu me lembrei também da meditação e de como ela me ajudara. Ao aplicar o que aprendera, comecei a me sentir melhor e já podia prosseguir.

Eu me levantei e caminhei os últimos passos para finalmente chegar. A porta de acesso instantaneamente se abriu e sem medo entrei. O cenário de terror da vez anterior repetiu-se, mas não prestei mais atenção nele. Firme e resoluto, andei na direção do corredor onde fui recebido por Totonho, um comparsa de Clemilda. Ele me encaminhou a uma sala. Dentro dela, no centro, estava Clemilda encapuzada.

— A que devo a honra novamente da visita do Vidente? Veio me parabenizar pelo trabalho que faço neste rústico lugar?

— Não venha com gracinhas. Você sabe, até mais do que eu, que o desequilíbrio causado nas "forças opostas "está ameaçando Mimoso e até mesmo o universo. Quero que se retire daqui o quanto antes. O mal que você causou às pessoas, particularmente a uma jovem chamada Christine, é muito grande. Ainda bem que me tornei amigo dela e estou começando a fazê-la enxergar o seu próprio destino.

— Duvido que vá convencê-la a ser uma jovem confiante e totalmente isenta de culpa. A tragédia afetou seus sentidos e sentimentos. Quanto às "forças opostas", você tem razão, mas não será fácil tirar-me daqui. Eu proponho um pacto. Se você convencer Christine a realmente tomar um novo rumo e cumprir três desafios em três dias diferentes, terá direito a uma batalha final. As "forças opostas" vão se encontrar e se enfrentar, e quem vencer predominará por toda a eternidade.

— Uma batalha? Não é perigoso? O universo corre o risco de desaparecer caso algo dê errado.

— Você não tem escolha. É pegar ou largar. Quer mesmo salvar Mimoso? Então enfrente a força das "Trevas".

— Fechado. Eu o farei.

Dito isso, retirei-me da sala e procurei a saída. Iria começar uma guerra entre as "forças opostas", e eu era um dos personagens principais desse confronto. Eu não sabia o que iria acontecer, mas estava disposto a tudo para reverter o desequilíbrio das "forças opostas" e ajudar Christine.

O RECADO II

O encontro com Clemilda me deu a certeza de que eu tinha que agir imediatamente e colocar em prática o meu plano. A guerra entre as "forças opostas "estava declarada, e eu tinha um papel principal nela. Então resolvi escrever um bilhete endereçado a Christine convidando-a para um novo encontro. Depois de redigi-lo, chamei Renato e pedi para que entregasse em mãos. Ele o pegou e partiu sem demoras. Cerca de vinte minutos depois, ele voltou e trouxe a resposta. Peguei o papel cuidadosamente e o abri lentamente talvez com medo da resposta. Ele continha a seguinte mensagem: "Encontre-me às sete horas no caminho do Climério." Fiquei feliz em saber que ela aceitou o convite, e minhas esperanças de recuperá-la aumentaram. Ela era uma peça fundamental na luta contra a força oposta à minha.

IDA AO CLIMÉRIO

O dia do encontro finalmente chegara. Eu me levantei com disposição e planejei a estratégia mais adequada a ser utilizada. Fui ao banheiro, tomei um banho, escovei os dentes e fui tomar café. Depois de terminar todas essas etapas, estava pronto para sair e encontrar Christine. O lugar de encontro eu conhecia bem. Tratava-se do sítio Climério localizado a leste de Mimoso. Com a disposição que acordara, comecei a caminhar em direção ao lugar do encontro.

Já passava das sete horas, e exatamente nesse horário Christine já devia ter saído de casa. A lembrança do primeiro encontro veio à tona e me perguntei se Christine já confiava em minha pessoa, pois ela se mostrara bastante retraída nos primeiros momentos da entrevista.

Bem, não era para menos. Eu era um desconhecido forasteiro que se mostrara extremamente conhecedor dos detalhes de sua vida. Isso gerou um impacto sem precedentes. Ainda bem que eu tinha dito claramente que queria ser seu amigo e, como ela se sentia extremamente sozinha nos últimos tempos, acabou aceitando, pelo menos temporariamente, meus conselhos e minhas orientações. Agora eu estava pronto para a segunda etapa, que era a mais importante.

Caminhei mais algum tempo e mais adiante avistei a figura de Christine. Imediatamente comecei a correr para encontrar-me com ela.

— Tudo bem, Christine? Você teve uma boa noite?

— Desde que aconteceu a tragédia, não tenho tido boas noites. Eu sempre sonho com o meu casamento e com tudo o que aconteceu lá. Não sei quanto tempo vou viver assim dessa forma.

— Você precisa se libertar, Christine. Esqueça a culpa e os remorsos, pois estes só lhe prejudicam. Aprendi que na vida nós devemos viver o momento presente e esquecer as mágoas passadas. Os bons momentos são os que devem ser lembrados para nos fortalecer e continuarmos caminhando de cabeça erguida.

— Isso são só palavras. A dor que sinto aqui dentro do peito ainda é muito grande.

— Um dia você vai superar. Tenho certeza disso. Bem, Christine, tenho algo sério a falar com você. Trata-se dessa feiticeira, Clemilda, que invocou o poder das trevas para dominar o arruado de Mimoso. Ela foi a responsável pela tragédia e por todos os outros acontecimentos ruins aqui desde então. Eu a enfrentei e dispus-me a acabar com o seu reinado. Em resposta, ela me propôs um pacto. Agora, preciso reunir as "forças do bem" para, quem sabe, uma batalha. O que me diz? Está pronta para apoiar-me nessa luta?

— Não sei se estou preparada. Clemilda é prima de Gerusa, que praticamente foi minha mãe. Eu sei que ela é má e sou totalmente contra suas atitudes. Entretanto, ela praticamente faz parte da família. São "forças opostas" que confundem o meu coração e me deixam em dúvida.

— Entendo. Devo lembrá-la que você tem um papel fundamental na guerra que está por vir. Antes de decidir-se, pense nas pessoas, no cristianismo e em si mesma.

— Eu prometo que pensarei. Quer me dizer mais alguma coisa?

Pensei alguns instantes antes de responder e me perguntei se ela estava mesmo preparada. Resolvi arriscar.

— Sim. Toda a verdade. Christine, por muitos anos fui um jovem sonhador e cheio de esperanças. No entanto, apesar dos meus esforços, não conseguia atingir meus objetivos. Passei três anos da minha vida em total deserto. Não tinha emprego nem estudava. O fundo do poço me levou a uma crise que quase me levou à loucura. Durante essa crise, tentei me aproximar mais do Criador para obter um pouco de paz e consolo. No entanto, quanto mais insistia, menos obtinha respostas. Então tentei refugiar-me no demônio à procura de cura e de respostas. Fui a uma sessão, e eles me prometeram que eu conseguiria curar-me e ser feliz. Em troca, eu teria que mudar de religião e fazer exatamente o que dissessem.

No dia e horário marcados para a minha volta a esse lugar, eu tive a resposta de que Deus se importava comigo. Ele me enviou o seu anjo e avisou-me que não voltasse, que ali eu não encontraria a tão almejada felicidade e cura. Então acatei o aviso e não me atrevi a voltar lá. Procurei um médico e ele disse que o meu caso não era grave, que se tratava de uma simples crise nervosa. Então tomei alguns remédios e melhorei. Deus usou aquele médico para me ajudar. Quantas vezes ele não faz isso sem que ao menos percebamos?

Com a crise, comecei a escrever para me divertir um pouco, como terapia. Então percebi que eu tinha um talento que eu nem supunha. Depois da crise, arranjei um emprego e voltei a estudar. Ao mesmo tempo, crescia em mim a vontade de ser escritor, de comunicar-me com as pessoas. Foi aí que ouvi falar da montanha do Ororubá, a montanha sagrada. Ela se tornou sagrada por causa da morte de um misterioso pajé e possui em seu topo uma majestosa Gruta, chamada Gruta do Desespero. Ela é capaz de realizar qualquer sonho, desde que seja puro e sincero.

Então resolvi fazer as malas e embarcar numa viagem rumo à montanha. Eu me despedi de meus familiares, mas eles não entenderam o meu sonho. Mesmo assim, parti. Eu tinha que acreditar no meu talento e no meu potencial. Então escalei a montanha e conheci a Guardiã, um espírito milenar. Com seus ensinamentos, pude vencer os desafios que eram o meu ingresso de entrada na Gruta.

No entanto, a história ainda não tinha terminado. A Gruta do Desespero jamais tinha permitido que alguém realizasse os seus sonhos através dela. Todos que tentavam eram sumariamente dizimados. Entretanto, eu tinha um sonho, e o risco de vida não seria entrave para ele. Resolvi entrar na Gruta.

Comecei a caminhar dentro dela e logo apareceram as primeiras armadilhas. Consegui me livrar de todas elas e, pouco tempo depois, deparei-me com três portas. Elas representavam felicidade, fracasso e medo. Escolhi a porta certa e avancei na Gruta. Depois, encontrei um ninja que, com suas artes marciais, tentou me destruir. A experiência me levou à vitória e derrubei o ninja.

Então avancei mais na Gruta e encontrei um labirinto. Entrei nele e me perdi. Foi aí que tive uma ideia e consegui achar a saída. Depois, encontrei um cenário de espelhos. Esse cenário me fez refletir e ajudou a me encontrar. Então avancei um pouco mais na Gruta.

Em resumo, consegui avançar todos os cenários da Gruta, e ela se viu obrigada a realizar o meu desejo. Eu me tornei o Vidente e fiz uma viagem no tempo seguindo uma voz que não conhecia. Essa voz era sua, Christine, e estou aqui para ajudá-la.

— É muita informação de uma vez. Eu não sei se você é louco, ou eu que estou ficando louca ao ouvi-lo. Eu já tinha ouvido falar da Gruta e de seus poderes maravilhosos, mas não imaginava que alguém tinha entrado nela e vencido o seu fogo. Tenho que pensar um pouco e refletir sobre tudo que ouvi.

— Pense, Christine, mas não demore muito. O meu tempo aqui está se esgotando e preciso cumprir a minha missão.

— Prometo dar uma resposta em breve. Bem, agora preciso terminar a caminhada e voltar para casa.

Eu me despedi de Christine e voltei ao hotel. Eu tinha cumprido o meu papel agora só restava a resposta. Minhas esperanças estavam nas mãos do destino, e eu não sabia para que lado ele apontava. A guerra entre as "forças opostas" ocorreria em breve, e a resposta de Christine seria o X da questão.

DECISÃO

A *iminente guerra entre as* "forças opostas" não me deixava de nenhuma forma tranquilo. Eu nunca tinha participado de uma contenda desse tipo e por isso seria uma experiência única. A fim de aliviar meu coração e minha mente, saí do hotel e me dirigi às ruínas da capela de São Sebastião, que ficava bem próximo. No meio do caminho, perguntei-me quais desafios iria enfrentar e se seriam tão difíceis quanto os obstáculos da Gruta.

Bem, eu faria de tudo para vencer em meio a quaisquer dificuldades. O meu pensamento se elevou, pensei no meu sonho e em todos os obstáculos que ele envolvia. Será que arranjaria uma editora comercial para meu livro? A editora investiria o bastante para que ele alcançasse o sucesso? Eu tinha consciência de que a Gruta tinha realmente me ajudado, mas não resolveria todos os meus problemas.

Eu esperava que a Gruta fosse apenas o começo de uma longa e vigorosa carreira literária. Porém, não era o momento para eu me preocupar com isso. Eu tinha coisas mais importantes a fazer. Eu teria que reunir as "forças opostas" e ajudar Christine a encontrar-se. Esses objetivos me aproximaram mais das ruínas e, momentos depois, eu estava tocando os restos do símbolo do cristianismo. Procurei o crucifixo que restara intacto e ao tocá-lo comecei a entender o porquê da minha religião e o seu fundador. Ele tinha se entregado por nós simplesmente por um amor que não conseguimos compreender. Um amor tão grande capaz de realizar milagres. Era disso que eu precisava: um milagre.

Eu estava a ponto de enfrentar forças desconhecidas que se alimentavam do egoísmo, dos vícios, das fraquezas e do ódio humano. Forças que eram capazes de destruir a vida humana. Olhei novamente para o crucifixo e enchi-me de coragem. Ali estava um exemplo de vencedor. Ele também fora um sonhador como eu, e seus ensinamentos conquistaram o mundo. Ele nos ensinou a amar e a respeitar o próximo e essa era a mensagem que eu pregava no meu dia a dia. Desviei meu olhar para tudo que está ao meu redor. Vi as pessoas, o céu azul e ao longe o horizonte. Eu não podia decepcioná-los, nem a mim mesmo. Com a força que tinha no peito gritei:

— Estou pronto!

A terra começou a tremer e em poucos segundos senti-me arrebatado do lugar em que estava. Fui levado pelos cabelos e a emoção do momento me fez ver tudo escuro, tudo vazio.

A EXPERIÊNCIA NO DESERTO

Acabei de despertar e levantei-me para saber exatamente onde estava. Olhei nas quatro direções e só consegui visualizar a areia e o céu. Parecia que eu estava em pleno deserto. O que estava fazendo ali? Que tipo de brincadeira era aquela? Num instante, estava nas ruínas da capela, em Mimoso, e no outro ali, naquele lugar vazio e obscuro. Comecei a caminhar à procura de algo. Quem sabe um oásis ou alguém que pudesse me orientar e dizer exatamente onde eu estava. A sensação de solidão aumentava a cada instante, apesar da minha crença de que sempre sou acompanhado por um anjo. Nesses momentos acabo me lembrando quanto é importante ter amigos ou alguém em que se possa confiar.

O dinheiro, a ostentação social, as vaidades, o sucesso e a vitória não têm sentido se você não tiver alguém com quem possa compartilhar. Continuei a caminhar e o suor começou a escorrer, a fome a apertar e a sede também. Eu me senti perdido assim como no labirinto da Gruta. Que estratégia usaria agora? O oásis poderia estar em qualquer lugar.

Parei um pouco. Eu teria que recompor minhas forças e respirar. Eu não tinha chegado a meus limites, mas me sentia bastante cansado.

Veio à memória a subida dos degraus do santuário de Nossa Senhora das Graças no sítio Guarda, em Cimbres. Eu era apenas uma criança e o esforço da subida tinha me custado muito. Ao chegar, coloquei-me em lugar seguro com medo de despencar daquela íngreme serra. Minha mãe acendeu a vela e pagou a promessa que tinha feito. O santuário era visitado por muitos turistas, por conta da aparição da Virgem Maria naquele lugar.

Conta a história que, em 1936, o cangaceiro Virgulino Ferreira, o Lampião, e seu bando circundavam a cidade de Pesqueira, onde já teriam cometido vários crimes contra fazendeiros locais. Maria da Luz perguntou a sua companheira de caminhada conhecida como Conceição o que ela faria se Lampião aparecesse ali naquele momento.

A criança teria dito: "Nossa Senhora haveria de dar um jeito para esse malvado não nos ofender". Foi quando, olhando para o mais alto da serra, viram uma imagem em forma de mulher. A aparição se repetiu nos dias seguintes e a notícia se espalhou por todo o mundo com o vaticano reconhecendo o fato neste local e em mais cinco locais em diferentes partes da Terra. A aparição no sítio Guarda foi a única registrada no continente americano.

Ao descer do santuário eu me senti mais tranquilo e confiante. Era assim que eu me sentiria ao encontrar um oásis. Retomei a caminhada e uma pergunta não me saía da cabeça: onde estava o desafio? Não fazia sentido eu ficar caminhando sem respostas. Desde que fizera a viagem à montanha sagrada, depois de ter realizado os desafios e entrado na Gruta, eu tinha um plano e um objetivo. Eu agora estava sem rumo e sem direção.

Comecei a contemplar o céu e vi algumas aves. Uma grande ideia se acendeu na minha cabeça e resolvi persegui-la assim como fiz com o morcego na Gruta. Depois de trinta minutos de perseguição vi um lago onde as aves pousavam, e a esperança foi retomada com mais força. Eu me aproximei do lago e comecei a beber sua água. Tomei um pouco, mas o gosto ruim me fez desistir dela. Então eu me sentei um pouco ao redor do lago para descansar minhas pernas e meus pés fatigados da viagem.

Um momento depois, uma mão tocou o meu ombro e voltei-me para trás. Estava diante de mim a Guardiã que conheci na montanha.

— Você aqui? Eu não esperava.

— Meu filho, você me parece um pouco cansado. Não quer ir embora para casa? Sua família está com muitas saudades.

— Eu não posso. Eu tenho que cumprir a minha missão. Foi a senhora mesmo que me enviou a Mimoso para reunir as "forças opostas "e ajudar Christine.

— Esqueça a sua missão. Você não tem forças para derrotar o lado oposto ao seu. Lembre-se que até seu mestre, Jesus Cristo, pereceu na cruz por ter desafiado o diabo.

— Você está enganada. Jesus Cristo saiu vencedor da disputa, e a cruz é o símbolo de sua vitória. Espere. Você nunca falou dessa forma. Quem é você? Eu tenho certeza de que não é a Guardiã apesar da aparência.

A mulher deu um grito de sarcasmo e desapareceu. Então tudo não passava de uma visão disposta a me perturbar. Eu teria que ter muito cuidado com as aparências. Continuei sentado e sem ideias de como sair daquele lugar extenso e vazio. Só senti meu coração palpitar, a perna tremer e o inconsciente dizer que não acabara. O que faltava? Eu já me sentia cansado desse desafio.

Olhei para o horizonte e ao longe vi alguém se aproximar. Será que era mais uma visão? Eu teria que tomar cuidado. Ao chegar mais perto, tomei um susto e não consegui acreditar. A pessoa me abraçou e retribui, apesar da desconfiança.

— A senhora é mesmo minha mãe? Como chegou aqui?

— Sou. A Guardiã me ajudou a localizá-lo. Depois que você saiu, fui à montanha, pois estava muito preocupada. Então encontrei a Guardiã e ela me orientou.

— Espere. Eu tenho que ter uma prova de que você é mesmo minha mãe. Qual era o nome do meu gato favorito e qual o apelido que meus sobrinhos deram para mim?

— Isso é fácil. O nome do seu gato favorito era Pecho, e o seu apelido é tio Divinha.

A resposta me deixou mais calmo e voltei a abraçá-la. Eu precisava mesmo de alguém familiar naquele deserto.

— O que faz aqui?

— Vim convencê-lo a desistir de tudo. Você corre grandes perigos neste deserto. Venha, vamos embora. Eu não devia ter permitido que você saísse de casa.

— Eu não posso. Tenho que cumprir uma missão. Eu preciso reunir as "forças opostas" e ajudar Christine. Além disso, tenho que documentar tudo num livro. Assim, eu poderei iniciar a minha carreira literária.

— Essa missão é loucura. Você não tem condições de derrotar as forças das trevas nem de publicar um livro. Quantas vezes eu tenho que dizer que escrever livros não vai lhe trazer nenhum resultado. Você é pobre e desconhecido. Quem irá comprá-los? Além disso, você não tem talento.

— Você está totalmente enganada. Eu posso sim reunir as "forças opostas" e realizar o meu sonho. Eu não posso acreditar que você é minha mãe, pois, apesar de ela não me incentivar, sei que ela possui um fio de esperança de que eu realmente seja um escritor. Eu tenho talento senão não me arriscaria a entrar na Gruta para pedir que ela me transformasse no Vidente.

Instantaneamente, minha mãe transformou-se em um homem de aparência clara e olhos de fogo. Tomei um susto, mas já desconfiava. O homem começou a girar em torno de mim.

— Vidente, filho de Deus. Já pensou em tudo que esses nomes significam? A vidência é um dom que faz o indivíduo saber do futuro, ou ter a noção exata do que está se passando em outros lugares. Você não tem essas faculdades. Na verdade, o que você tem é uma clarividência pouco desenvolvida. Muita pretensão sua pousar de Vidente poderoso.

Quanto ao fato de você ser o filho de Deus, isso é uma grande piada. Será que não se lembra dos seus erros exatamente num deserto como esse? Você acha que Deus o perdoou? Como então tem a coragem de se chamar o filho de Deus? Para mim, você está mais para diabo do que para filho de Deus. Isso mesmo. Você é o diabo como eu!

— Posso não ser um vidente poderoso, mas recebo mensagens do Criador. Ele me diz que terei um futuro brilhante. Estou construindo esse futuro dia após dia no meu trabalho, nos meus estudos e nos livros que escrevo. Quanto aos meus erros, eu os conheço e já pedi perdão. Quem não erra? Eu me revesti de um homem novo e esqueci todo o meu passado. As mensagens que recebo são de que Deus me considera filho e acredito piamente nisso. Se não fosse assim, ele não me teria ressuscitado inúmeras vezes.

Com os olhos cheios de lágrimas, olho para o universo e dou as costas para meu acusador. Dou um forte grito.

— Eu não sou o diabo! Sou um ser humano que descobriu um dia que tem um infinito valor para Deus. Ele me salvou da crise e me mostrou um caminho. Agora quero permanecer nele e realizar-me. Não importa os obstáculos e as dificuldades que tenho que ultrapassar. Elas me amadurecerão e me tornarão um ser humano melhor. Eu vou ser feliz porque o universo conspira para isso.

O diabo se afastou um pouco e disse:

— Ainda vamos nos encontrar, senhor Aldivan. A guerra entre as "forças opostas" está apenas no começo. No fim, sairei vencedor.

Dito isso, desapareceu. No instante posterior, novamente fui arrebatado e em poucos segundos já me encontrava novamente no cenário anterior, sob as ruínas da capela. Resolvi voltar imediatamente para o hotel a fim de descansar, recuperar o ânimo e as forças. O primeiro desafio havia sido concluído, agora só restavam dois.

OS ADORADORES DAS TREVAS

No dia seguinte, voltei ao mesmo ponto de onde tinha sido levado para a primeira experiência. Inconscientemente, achava que aquela era a porta de entrada dos desafios. Ao olhar para as ruínas, senti meu coração despedaçado pela desolação naquele lugar. O verdadeiro caminho tinha sido sufocado por uma bruxa perversa e cruel. Agora minha missão era equilibrar novamente as "forças opostas" e retomar a paz perdida no lugar.

Para isso, repeti a senha do dia anterior e novamente fui transportado. Eu me encontrava em um lugar estranho e escuro, onde estava sendo realizado um ritual. Eram cerca de dez pessoas, dispostas em círculo murmurando palavras numa língua que eu não conhecia. No centro, um homem estava acocorado, e os outros despejavam em sua cabeça um líquido com odor insuportável. Um instante depois, cresceram dois chifres em sua cabeça, e o seu semblante ficou com aspecto terrível. Ele me viu e se levantou. Ele se aproximou, pegou uma espada e jogou outra para mim. Fiquei nervoso pois não era acostumado a lidar com armas.

Ele me chamou para a luta e começou a desferir alguns golpes. Tentei bloqueá-los com a minha espada e consegui quase por um milagre.

Ele continuou atacando, e eu me defendendo. Comecei a observar seus movimentos para uma posterior reação. Ele era bastante rápido e hábil. Aos poucos, comecei a contra-atacar, e ele se mostrou surpreso. Um dos meus golpes conseguiu feri-lo, mas ele continuou incansável.

Então, resolvi apelar. Eu me aproximei mais dele e, sem que ele percebesse, preparei-me para um ataque final. A espada me ajudou a desequilibrá-lo e, com os punhos cerrados, consegui acertá-lo em cheio. Ele caiu no chão desacordado. No mesmo instante fui transportado para as ruínas da capela. O segundo desafio estava cumprido.

A EXPERIÊNCIA DA POSSESSÃO

O terceiro dia finalmente chegara. Novamente segui para as ruínas da capela. A terceira experiência estava marcada e eu não podia mais esperar. O que me aguardava? Eu realmente não sabia, mas me sentia preparado para qualquer coisa. A Guardiã, os desafios e a Gruta tinham contribuído sensivelmente para isso. Eu agora era o Vidente e não podia ter mais medo. Confiante e tranquilo, repeti a senha do dia anterior.

Um vento frio bateu, o corpo estremeceu e incessantes vozes começaram a me perturbar. Num instante minha consciência foi transportada para a minha mente e ao chegar lá escutei alguém batendo na porta de entrada. Resolvi atender. Ao abrir a porta, entrou um sujeito claro, magro, e com olhos cor de mel, que tinha uma coroa de espinhos na cabeça.

— Quem é você?

— Sou Jesus Cristo. Não reconhece a coroa? Foi com ela que feriram minha cabeça.

— O que veio fazer aqui, na minha mente?

— Vim apossar-me de você. Se aceitares, eu o farei o mais poderoso e o mais talentoso dos homens.

— Como saberei se você é quem diz que é? Eu quero uma prova.

— Isso é fácil. Você é um jovem de vinte e seis anos, tranquilo, gente boa e muito inteligente. Seu sonho é ser escritor e por isso realizou uma viagem para uma montanha que todos dizem ser sagrada. Você conheceu a Guardiã, a jovem, o fantasma, o menino, realizou desafios e entrou numa Gruta que é a mais perigosa do mundo. Driblando armadilhas e avançando cenários, você a venceu. Então ela realizou o seu sonho e o transformou em um Vidente. Porém, a Gruta foi apenas uma etapa em seu crescimento espiritual. Agora você precisa de mim para continuar o caminho.

— Então você é mesmo Jesus Cristo. Porém, não sei se quero alguém na minha mente. É difícil acostumar-se com uma voz me orientando o tempo todo. Você não podia me ajudar do céu? Era mais cômodo para mim.

— Se eu não ficar aqui, você será um homem fracassado. Decida logo: quer ser homem, ou quer ser um deus? Se você escolher a segunda opção, eu o farei voar, caminhar sobre as águas e operar milagres.

— Eu não acredito. Eu preciso novamente de uma prova. Dirigi o meu corpo para uma várzea, onde passa o rio Mimoso. Eu queria ter uma prova real daquilo que estava acontecendo comigo. Ao chegar ao rio, tentei dar os primeiros passos sobre a água. Ao atravessá-lo tive uma prova de decepção. Eu estava sendo enganado.

— Monstro! Você não é Jesus Cristo! Saia da minha mente agora, eu ordeno!

O homem transformou-se em uma criatura com chifres e rabo longo. Um vento forte começou a soprar sobre ele e o empurrou para a porta de entrada da minha mente. Ele saiu e a porta se fechou. A minha consciência voltou ao normal e me senti melhor. A experiência tinha esgotado muito as minhas forças e por isso resolvi voltar imediatamente ao hotel com o terceiro desafio cumprido. Agora só restava convencer Christine e partir para a batalha final.

A PRISÃO

Ao chegar ao hotel fui surpreendido com a presença do delegado Pompeu e de seus subalternos.

— Bem, chegou quem estávamos esperando. Senhor Vidente, o senhor está preso — ordenou Pompeu.

— Como? Qual é a acusação?

— Está sendo preso por ordem da rainha Clemilda e isso já é o bastante.

Rapidamente, os subalternos colocaram as algemas nos meus braços. Um misto de indignação e revolta preencheu todo o meu ser. As forças das trevas estavam usando seu último recurso para impedir a vitória do bem. Preso, eu não poderia fazer nada e Mimoso estaria perdido. O que seria das "forças opostas" e de Christine? Nesse exato momento eu já perdera as esperanças.

Eles ordenaram que eu caminhasse e foi exatamente isso o que eu fiz. No caminho para a delegacia, vieram à minha memória todas as injustiças que sofri na vida. Uma prova mal corrigida, um atendente público desumano, um mau julgamento e a incompreensão dos outros. Em todas essas situações eu me senti injustiçado. Desviei minha atenção para o delegado e lhe perguntei se ele não sentia remorsos. Ele disse que não, que sentiria caso não cumprisse a ordem, pois certamente iria perder o cargo.

Entendi seu lado e não fiz mais perguntas. Algum tempo depois, chegamos ao nosso destino. Eles retiraram minhas algemas e me colocaram em uma cela onde estavam alguns outros presos. Eu passaria a minha primeira noite totalmente trancafiado.

DIÁLOGO

Em pouco tempo consegui me enturmar com os outros presos. Eles estavam ali por diversos motivos. Um deles por roubar galinhas, outros por se recusarem a pagar impostos e alguns por não terem votado no candidato indicado pelo major. Entre eles, estava Cláudio. Comecei a conversar com ele.

— Faz muito tempo que você está aqui?

— Sim. Uma boa temporada. Estou aqui desde que o major descobriu que estava namorando a filha dele. E você? Por que está preso?

— Bem, eu tive desentendimentos com uma senhora chamada Clemilda. Ela cometeu uma arbitrariedade ao me trancar aqui. Mas fale-me de você, amava tanto assim essa moça a ponto de se arriscar a enfrentar o major?

— Sim, eu a amo. Desde que conheci Christine, sou um novo homem. Passei a dar valor às coisas realmente importantes. Eu também abandonei o vício e a devassidão. Sem ela, não sei o que será da minha vida.

— Entendo. Ao conhecê-la, achei-a realmente especial. É uma pena que ela tenha passado por uma tragédia tão grande.

— Eu ouvi falar dessa tragédia aqui, na prisão. Porém, recuso-me a acreditar que a mulher que amo é uma assassina. O seu temperamento não condiz com o fato.

— Ela foi mais uma vítima da feiticeira Clemilda. Essa criatura desequilibrou as "forças opostas" e isso ameaça todo o universo. Então coube ao destino me enviar à montanha sagrada, onde conheci a Guardiã, a jovem, o fantasma e o menino, realizei desafios e conquistei o direito de entrar na Gruta do Desespero, a Gruta que realiza os sonhos mais profundos. Driblando armadilhas e avançando cenários consegui chegar ao ponto final dela. Então a Gruta transformou-me no Vidente e fiz uma viagem no tempo seguindo um grito. Esse grito era o da senhorita Christine. Ao chegar ao tempo atual, enfrentei Clemilda, e ela me propôs três desafios que cumpri. Agora só resta convencer sua amada para eu ter direito a uma batalha final. No entanto, estou preso, o que me impossibilita de tomar qualquer atitude.

— Que história! Eu já tinha ouvido falar da Gruta e de seus poderes maravilhosos, mas nunca imaginara que alguém pudesse vencê-la. Você foi o primeiro que ouvi falar. Olha, se precisar de minha ajuda, estou à disposição.

— Obrigado. Existe alguma maneira de fugir daqui?

— Eu lamento, mas não tem. Essas grades são fortíssimas, e as saídas do prédio são todas vigiadas.

A resposta de Cláudio esfriou os meus ânimos. O que seria das "forças opostas", de Christine e de Mimoso? A cada momento que passava, as coisas tenderiam a piorar comigo preso. Agora só restava rezar e esperar um milagre.

A VISITA DE RENATO

Acabei de despertar, a impressão de que o sol nascera quadrado não me fez nada bem. Aquele lugar não era adequado para mim, pois a alta carga negativa me angustiava. As "forças opostas" gritavam dentro de mim e estavam mais ativas do que nunca. Um pouco mais tarde, um dos guardas veio abrir a cela para que tomássemos um banho de sol. Entrei na fila que foi formada. Tomamos o banho de sol e em pouco tempo voltamos à cela. Ao voltar, fui informado de que alguém me esperava na sala de visitas. Um guarda me acompanhou e fui ao encontro dessa pessoa. Ao entrar na sala de visitas, fiquei surpreso.

— Você? O que faz aqui, menino?

— Vim ajudá-lo. Chegou o momento de provar que sou útil e a Guardiã estava certa ao enviar-me para acompanhar você.

— Me ajudar? Como?

— Não se preocupe. Eu já planejei tudo. Quando tudo acontecer, não pense duas vezes, fuja.

— O que você está pretendendo fazer? Não é perigoso?

— Eu não posso contar nada. Só faça o que eu disse.

— Obrigado, mas não se arrisque tanto por minha causa. Você é apenas uma criança.

— Sou criança, mas sei distinguir o coração humano. Eu sinto que o senhor é uma pessoa realmente especial.

As palavras de Renato me emocionaram e resolvi abraça-lo. Ele me acompanhara praticamente todo o tempo desde a viagem que fizemos, e isso criou uma afeição entre nós. Eu já me sentia como seu pai, mas nesse momento era ele que me consolava e me animava. Depois do abraço, ele se despediu e voltei para a cela, acompanhado por um guarda.

Reencontrei Cláudio e iniciamos uma nova conversa. Cerca de 30 minutos depois da saída de Renato senti um cheiro esquisito, uma fumaça cobriu o recinto e todos se desesperaram, inclusive eu. O delegado foi chamado e ordenou que as celas fossem abertas. Na confusão, lembrei do conselho de Renato e me encaminhei para fora da delegacia sem que ninguém me visse, aproveitando que a fumaça era muito densa. Ao sair, encontrei Renato e fugimos juntos. Voltamos ao hotel e lá dona Carmem nos acomodou em um quarto especial. Ele possuía uma entrada para o subsolo e lá ficamos alojados. Eu estaria seguro até a batalha final.

O TERCEIRO ENCONTRO COM CHRISTINE

Christine finalmente se decidira e estava disposta a novamente se encontrar comigo. Ela ouvira falar que eu tinha sido preso, e esse fato a ajudou a se decidir. Ela também estava farta das injustiças cometidas pelo pai e pela perversa feiticeira Clemilda. De certa forma, ela já controlava suas "forças opostas" e isto tinha sido um fato primordial em sua decisão.

Então ela resolveu procurar dona Carmem, a dona do hotel da luz. Ela tinha certeza de que Carmem sabia alguma coisa sobre o meu paradeiro. Ela bateu palmas na entrada do hotel e foi imediatamente atendida.

— A senhora é dona Carmem? Preciso falar com a senhora.

— Sim. Entre.

Christine atendeu ao convite e aconchegou-se na sala. Dona Carmem foi buscar um chá e bolachas. Ela voltou e abriu um sorriso cativante.

— Em que posso servi-la, querida? — Perguntou dona Carmem.

— Estou procurando Aldivan, o Vidente. Ele estava preso, mas hoje ouvi falar que ele fugiu da prisão. A senhora tem ideia de onde ele esteja? É importante.

— Não faço a mínima ideia. Desde que ele foi preso, parou de ter contato comigo.

— Não é possível. Eu preciso tanto dele e Mimoso também. Então tudo vai permanecer como antes? Até quando vamos suportar a ditadura de Clemilda?

Lágrimas escorreram pelo rosto de Christine e ela entrou em desespero. Sua reação comoveu dona Carmem e ela resolveu consolá-la.

— É tão importante assim esse encontro com ele? Então eu acho que posso dar um jeito.

Dona Carmem se afastou da sala por um instante e veio chamar-me no quarto. Ao saber da presença de Christine, fiquei alegre e resolvi encontrá-la imediatamente. Eu me dirigi à sala enquanto Renato permaneceu no quarto. Dona Carmem foi à cozinha preparar o jantar. Ao me ver, Christine se levantou e correu para me abraçar. Retribui o afeto. Nós nos sentamos lado a lado na sala.

— Então, decidiu-se?

— Pensei bastante no que você falou e quero dizer que acredito. No convento me ensinaram a reconhecer quando uma pessoa é sincera.

— Além de acreditar, você está disposta a mudar de vida?

— Sim e pretendo esquecer tudo o que passou. Você estava certo quanto ao fato de eu não ser culpada na tragédia. Foi uma maldição que aquela bruxa lançou ao tocar na minha cabeça. Ainda tenho esperanças de que ela seja derrotada e o pedido que fiz a montanha seja realizado.

— Então eu consegui. Você se encontrou. Já não parece mais a jovem desanimada e triste de antes. Fico feliz por você. Agora já posso ter direito a uma batalha final. O encontro das "forças opostas" se aproxima.

— Batalha? Do que está falando?

— É o pacto que fiz com Clemilda. Se eu cumprisse três desafios e convencesse você a encontrar seu destino, eu teria direito a essa batalha. É a única chance de reunir as "forças opostas" e equilibrá-las novamente.

— Entendi. Eu posso contribuir? Meus poderes de mutante seriam de grande ajuda na batalha.

— Eu não sei. É muito perigoso. Se a machucarem, Christine, eu não me perdoarei.

Pensei por alguns instantes na proposta de Christine. Será que ela era mesmo necessária no campo de batalha? Eu não sabia que proporções essa guerra teria.

— Está bem. Porém, você deve ficar atrás de mim. Eu a protegerei da força das trevas. Enquanto isso, você cobre a retaguarda com seus poderes de mutante.

— Obrigada. Quando vai ser isso?

— Amanhã. Encontre-me nas ruínas da capela às sete horas.

Eu me despedi dela e pedi segredo quanto à minha localização. Ela concordou e partiu. Senti um certo arrependimento por tê-la aceitado na batalha, mas já era tarde. O próximo dia seria definitivo quanto ao destino de Mimoso e eu iria participar de uma batalha que mudaria completamente a minha vida e certamente o universo também.

A INVOCAÇÃO DO ANJO

Christine e eu chegamos na hora marcada ao ponto de encontro. Ela me perguntou o porquê do local, eu respondi que ali foi o portão de entrada para minhas experiências. Expliquei a ela os detalhes sobre as "forças opostas" e o atual desequilíbrio. Depois disso, pedi silêncio e comecei a invocar o anjo, pois ele seria de grande ajuda na batalha.

— A guerra entre as "forças opostas" se aproxima. Nessa luta, seres materiais e imateriais se enfrentarão. Nosso grupo é composto por apenas duas pessoas: eu, que sou vidente, e Christine, que é mutante. Precisamos de uma força superior, imaterial, que nos dê segurança e por isso vos pedimos, ó Pai, que envie o seu anjo para nos acompanhar e proteger nesta perigosa batalha. O destino de Mimoso está em jogo, e a força do bem tem que estar completa.

Repeti a oração três vezes e na última senti meu coração tremer, minha respiração ficou irregular e meu sexto sentido estava totalmente aguçado. Um instante depois minhas portas foram abertas e com isso tive permissão para desvendar os mistérios do outro mundo. Vi, em uma grande sala do palácio real, uma porta ser aberta e dela saíram os sete arcanjos que em conjunto representavam o próprio Deus.

Um carregava um cálice na mão cujo conteúdo era minha oração insistente. Os sete anjos se aproximaram do trono onde estava o Deus todo-poderoso. O que estava com o cálice o derrama sob o fogo que está do lado direito do pai. Os trovões ribombaram, e vozes alteradas foram ouvidas. A porta entre os dois mundos foi aberta, o anjo que estava com o cálice entrou por ela. A porta foi selada e lacrada até a sua volta. Nesse momento minhas portas foram fechadas e voltei ao normal. Ao retomar a consciência, vi Christine ajoelhada e, ao meu lado, um fulgurante anjo de asas compridas e brilhantes iluminando todo o local.

No seu rosto estava escrito Rei dos reis e Senhor dos senhores. Os seus pés e pernas pareciam ser de fogo, o seu corpo esbelto superava qualquer escultura. Fiquei parado durante alguns instantes, admirando sua beleza. Então ele resolveu entrar em contato comigo através da força do pensamento. Pediu para eu me manter calmo e levantar Christine, pois ela não tinha motivos para adorá-lo.

Obedeci ao anjo e lhe perguntei o que ia acontecer. Ele me disse que também não sabia, que o encontro entre as "forças opostas" era imprevisível. Ele me garantiu que estaríamos seguros com ele. Com forças renovadas e proteção celestial, resolvi tentar a mesma senha da experiência anterior. Com a força que tinha no peito, gritei:

— Estamos prontos!

O chão tremeu, o céu escureceu, as estrelas foram abaladas, e todo o universo sentiu a emoção do momento. A batalha final iria começar, e o futuro dos dois mundos estava em jogo.

A BATALHA FINAL

O cenário continuou mudando. O chão desapareceu, e o anjo tinha que nos dar poderes para podermos também voar. No horizonte, apareceu uma linha divisória parecida com um campo de força, impedindo que nós ultrapassássemos essa linha. Então chegou o momento em que tudo começou. Uma grande treva se aproximou junto com um vampiro e com uma porção de homens encapuzados.

Do outro lado estava Clemilda, comandando tudo com seus poderes maquiavélicos. A disputa finalmente começou. O anjo e o demônio, Christine e o vampiro, eu e os homens encapuzados. A luta entre os seres imateriais era simplesmente inimaginável. Os dois se moveram em uma velocidade incrível, e seus golpes eram poderosíssimos. A cada impacto, os dois mundos pareciam tremer.

O embate entre Christine e o vampiro também era equilibrado. Ela usou seus raios de fogo para se proteger das investidas dele. Eu também estava enfrentando uma situação difícil. Os homens encapuzados eram hábeis lutadores. Precisei usar todos os meus poderes de vidente para enfrentá-los. A guerra entre as "forças opostas" estava apenas no começo, e as dificuldades não eram poucas.

A luta continuou, o embate gradativamente começou a mudar. Alguns homens encapuzados caíram de cansaço e senti-me mais livre. A luta entre o anjo e o demônio, Christine e o vampiro continuava equilibrada, mas do meu lado o bem vencia. Com um pouco mais de tempo, consegui derrubar meus últimos oponentes. Então descansei um pouco e observei a luta dos demais. Fiquei torcendo pela vitória deles.

Clemilda percebeu a iminente derrota e com seus poderes invocou os mortos-vivos. Eles saíram do túmulo de um antigo cemitério indígena. Eram as pessoas que de uma forma ou de outra se deixaram desviar do verdadeiro caminho. Eles eram os meus novos adversários na batalha. Entre eles reconheci Kualopu, um feiticeiro indígena que quase ocasionou a extinção da nação xucuru. Ele era o meu mais temível adversário, pois assim como Clemilda dominava as forças ocultas.

Antes de iniciar a luta, comecei a me lembrar dos ensinamentos da Guardiã, dos desafios e da Gruta. Todas essas etapas trouxeram um crescimento espiritual espantoso para mim. Agora, eu teria que utilizar isso a meu favor na batalha. A luta se iniciou e os mortos-vivos tentaram me cercar com o objetivo de me atacar de uma vez só. Eu me livrei desse cerco rapidamente e dei um contragolpe. Com a força do meu ataque, alguns deles se despedaçaram.

Kualopu começou a repetir uma oração silenciosa e, no mesmo instante, um círculo luminoso prendeu-me e me deixou imóvel. Os outros mortos-vivos aproveitaram para me atacar. A lembrança da Gruta veio à tona quando tive que enfrentar todo um cenário de espelhos. Três reflexos ganharam vida e representavam um jovem de quinze anos que perdera o pai, uma criança e um idoso. Eu me defrontei com todos esses aspectos e descobri que não era nenhum deles no presente, e sim um jovem de vinte e seis anos, escritor e licenciando em Matemática.

O círculo que me prendia representava todas as fraquezas que, ao entrar na Gruta, eu consegui controlar. Pensando nisso, concentrei meus poderes e, num impulso, o círculo se quebrou. Então pude revidar e despedacei grande número de mortos-vivos. Kualopu recuou ao perceber minha força e, num golpe final, pude vencê-lo. Ao ver isso, Clemilda desesperou-se e começou a articular sua última estratégia.

Enquanto Clemilda se preparava, pude observar que as outras forças do bem já estavam em vantagem sobre a força oposta. Isso me deixou feliz e tranquilo. Aproveitei também o tempo para descansar e recuperar o fôlego. Clemilda finalmente se decidiu. Ela partiu lutar diretamente contra mim. Usando as forças ocultas, ela se armou de espada e escudo. O anjo viu minha situação e com os seus poderes providenciou as mesmas armas para mim. O embate começou e fiquei espantado com a agilidade da minha rival. Ela não era nenhuma amadora. Fiquei na defensiva por um tempo para observá-la em todos os aspectos.

A minha atitude me fez perder o equilíbrio e a feiticeira conseguiu ferir meu rosto. Reorganizei as ideias e tentei contra-atacar. A minha resposta deu resultado e consegui dar o troco nela. Em outra estocada, consegui desarmá-la e ela ficou sem defesa. Então, para equilibrar mais a situação, livrei-me também das minhas armas. Eu a agarrei e nós medimos as forças. Ela invocou o demônio, e eu, Jesus Cristo e sua cruz.

No mesmo instante, ela caiu derrotada. O demônio e o vampiro desapareceram, o sol e o chão surgiram. O anjo brilhou mais do que nunca e no céu pude escutar um barulho de grande festa. Eu tinha conseguido reunir as "forças opostas" e ajudar Christine. No instante posterior, o anjo se despediu e também desapareceu. A minha viagem no tempo tinha sido um sucesso, e eu a repetiria sempre que fosse necessário.

O DESMORONAMENTO DAS ESTRUTURAS VIGENTES

Com a queda de Clemilda, a nuvem negra se dissipou, seus comparsas fugiram, e Christine ficou curada. Assim, Mimoso voltou ao normal e o cristianismo retomou seu lugar. Para comemorar, Christine organizou uma festa no prédio da associação de moradores. Eu era o convidado principal. A festa estava cheia de repórteres que não paravam de fazer perguntas.

— É verdade, senhor Vidente, que o senhor salvou Mimoso das garras de uma feiticeira perversa? Como se deu isso?

— Bem, eu fui apenas um instrumento do destino assim como minha companheira de luta, Christine. As "forças opostas" estavam desequilibradas, e minha missão era reuni-las novamente.

— O que o senhor pretende fazer agora?

— Bem, eu não sei. Acho que devo esperar por uma nova aventura.

— O senhor é casado? Que profissão exerce?

— Não. Eu estou priorizando meus estudos. Quanto a minha profissão, sou agente administrativo. Além disso, sou licenciando em Matemática e escritor.

As perguntas continuaram, mas me afastei dos repórteres. Fui conversar com Christine e saber como ela estava. Ela disse que esqueceu a tragédia, mas ainda estava preocupada com Cláudio. Ele estava preso há algum tempo e ela não tinha notícias dele. Ela reafirmou seu amor e disse que ele era inesquecível. Eu a consolei e a animei. Durante toda a festa, fiquei ao seu lado para dar-lhe uma força. Quando a festa acabou, despedi-me dela e voltei ao hotel.

CONVERSA COM O MAJOR

Antes de ir embora de Mimoso, resolvi fazer uma última ação por Christine. Um grande amor como o dela e de Cláudio não podia ficar sem uma última oportunidade. Então dirigi-me à residência do temido major para uma última conversa com ele. Ao entrar no jardim da casa, anunciei-me e pouco tempo depois eu já estava à sua frente.

— Senhor major, vim falar-lhe sobre sua bela filha Christine. Eu estive há pouco com ela e percebi o seu sofrimento. Por que o senhor não dá uma chance para o coletor de impostos, Cláudio? Ele é o rapaz mais apropriado para ela.

— Não se meta em assuntos de família. Eu não criei minha filha para ter como genro um coletor de impostos.

— Eu me intrometo porque sou amigo dela e sua felicidade me importa. O senhor rejeita Cláudio porque ele é pobre e simples. O senhor se esqueceu de sua infância pobre em Maceió? O senhor também já foi simples. O que importa em um ser humano são suas qualidades, seu talento e carisma. A condição social não nos define. Nós somos o que nossas obras dizem.

A minha resposta abalou um pouco o major e insistentes lágrimas escorreram dos seus olhos. Ele as secou, envergonhado.

— Como você sabe disso? Eu nunca contei a ninguém sobre essa parte negra da minha vida.

— O senhor não entenderia, se eu explicasse. A questão é que o senhor está sendo injusto com Christine ao privá-la de um amor verdadeiro. Vê que tragédia o senhor provocou com o seu casamento arranjado? Esse sistema não funciona.

O major ficou pensativo durante alguns instantes e logo após respondeu.

— Está bem. Permito que os dois namorem e se casem, mas não quero vê-los aqui por perto. A minha filha continua sendo uma decepção em minha vida.

— E quanto ao Cláudio? Vai soltá-lo?

— Sim. Hoje mesmo.

— Major, mais uma coisa. Eu me demito do trabalho de seu jornalista. Eu não aguento mais mentir para esse povo sobre sua pessoa.

O major se enfureceu, mas eu já estava de saída. Ao sair, senti-me com a consciência tranquila, pois tinha cumprido o meu papel. Agora restava ao destino juntar os dois corações que realmente se amavam.

DESPEDIDA

Finalmente chegou o momento de Cláudio ser solto. Fora da delegacia seus familiares e a apaixonada Christine o esperavam. Todos estavam ansiosos e nervosos na ocasião. Dentro da delegacia, Cláudio assinou os últimos papéis para ser liberado.

— Terminei, delegado Pompeu. Já posso ir? Foi um tempo de sofrimento e de angústia aqui dentro. Ainda me lembro bem do dia que me trancafiaram e foi o pior da minha vida — confessou Cláudio.

— Agora, já pode. Vê se não vai mais se engraçar com moças proibidas, hein?

— A minha prisão foi uma arbitrariedade, e o senhor sabe bem disso. Será que é crime amar? Eu não mando no meu coração.

— Bem, está avisado. Soldado Peixoto, acompanhe o sujeito até a saída.

Cláudio retirou-se, e o soldado obedeceu a ordem do delegado. Ao sair, Cláudio olhou levemente para trás como se despedisse de todos os momentos que passara na prisão. Depois, olhou para o céu como se contemplasse todo o universo. Ele se sentiu livre e feliz, pois iria recomeçar sua vida. Momentos depois, ele estava abraçando seus familiares, e Christine esperou sua vez. Os dois se abraçaram e se beijaram longamente.

— Meu amor! Você está livre! Agora podemos ser felizes, pois meu pai permitiu o nosso relacionamento. A montanha é mesmo sagrada, pois atendeu o nosso pedido — exclamou Christine.

— Isso é verdade? Eu não acredito! Quer dizer que podemos ficar juntos e ter nossos filhos? Bendita montanha! Eu não esperava esse milagre.

Os dois continuaram a comemorar e nesse ínterim eu me aproximei. Estava chegando a hora da minha partida.

— Que bom vê-los juntos e felizes. Acho que posso voltar tranquilo para o meu verdadeiro tempo.

— Você tem mesmo que ir? Que pena! Aprendemos admirar seu esforço e determinação. Nunca vou esquecer o que você fez por mim e por Cláudio, obrigada!

— Eu também sinto sua partida. Na prisão, onde estávamos juntos, conheci um pouco da sua pessoa e penso que você merece uma chance da vida e do universo. Boa sorte! — Disse Cláudio.

— Antes de ir, quero pedir uma última coisa, Christine. Posso publicar um livro com sua história?

— Sim, com uma condição. Eu quero dar um título a ele.

— Está bem. Qual é?

— Ele se chamará "Forças opostas".

Aprovei a indicação de Christine e dei um último abraço nos presentes. Todos eles faziam parte da minha história. Com lágrimas nos olhos, afastei-me deles e dirigi-me ao hotel. Eu iria arrumar minhas malas e partir. No meio do caminho, relembrei todos os momentos que passei naquele rústico lugar. Tudo o que eu tinha passado tinha contribuído para a minha formação espiritual e moral.

Agora eu estava preparado para novas aventuras e perspectivas. A passos lentos, eu me aproximei do hotel. Eu me despedi pela última vez de tudo o que estava ao meu redor e concluí que não os esqueceria por completo. Eles estarão para sempre gravados em minha memória como lembranças da minha primeira viagem no tempo. Uma viagem que mudou a história do pequeno arruado de Mimoso. Pensando nisso, senti-me feliz e realizado. Alguns momentos depois, cheguei ao hotel e fui ao meu quarto. Renato estava dormindo, e eu o acordei. Nós aprontamos as malas e fomos à cozinha para nos despedirmos de dona Carmem.

— Dona Carmem, já estamos indo. Eu queria dizer que a ajuda da senhora foi muito importante para eu descobrir os detalhes da tragédia. Além disso, quero agradecer sua hospitalidade e paciência.

— Eu que quero agradecer-lhe pelo que você fez por Mimoso. Nós vivíamos sob uma ditadura e você nos libertou. Espero que realize seus sonhos.

— Obrigado. Renato, despeça-se de dona Carmem.

— Eu queria dizer que a senhora foi como uma mãe para mim durante todo esse tempo. Adorei a comida e seus conselhos.

Nós três nos abraçamos, e a emoção do momento me fez derramar algumas lágrimas. Estava chegando ao fim de uma história que compartilhamos durante 30 dias. Ela seria especial para sempre em minha vida. Quando o abraço terminou, nós nos encaminhamos para a saída e acenamos num último gesto de adeus. Ao sairmos, iríamos para o mesmo ponto onde fizemos a viagem no tempo.

A VOLTA

Do lado de fora do hotel, lancei o último olhar para aquele que fora o meu lar durante trinta dias. Lá havia tido a minha primeira visão que me revelou toda uma história. Era a concretização do sonho do Vidente, um ser onisciente através de suas visões. Com os fatos, pude entrar na linha dos acontecimentos e agir para que as injustiças fossem desfeitas. Isso me deixava com a consciência tranquila e feliz, pois tinha cumprido a missão que a Guardiã me confiara.

Eu tinha conseguido reunir as "forças opostas" e ajudar Christine a encontrar a verdadeira felicidade. Consequentemente, Mimoso voltava ao seio do cristianismo, e muitos fiéis poderiam adorar, louvar e engrandecer o criador. Eu queria ter ficado um pouco mais para apreciar toda essa obra. Bem, estarei em espírito observando.

De relance, olhei para Renato e percebi o quanto ele foi importante em toda a minha missão. Sem ele o meu contato com Christine não teria sido feito de forma adequada nem teria como fugir da prisão. Tinha realmente valido a pena levá-lo nessa viagem.

Continuamos a caminhar e já nos aproximávamos do sopé da montanha do Ororubá. Uma montanha que todos consideravam sagrada. Foi aí que conheci a Guardiã, o fantasma, a jovem e o menino, realizei desafios e entrei na Gruta mais perigosa do mundo. Dentro da Gruta, driblando armadilhas e avançando cenários, consegui que ela realizasse o meu sonho e transformei-me no Vidente.

Tudo tinha sido extremamente importante para que eu pudesse fazer a viagem no tempo e transformar a linha dos acontecimentos. Agora, estava eu ali, no sopé da montanha, realizado e já pensando na próxima aventura. Estava tão concentrado que mal percebi uma pequena mão me puxando. Eu me virei para ver do que se tratava. Era Renato.

— O que vai ser de mim agora, senhor Vidente?

— Bem, vou devolvê-lo à Guardiã, que é quem cuida de você, não é verdade?

— Promete que me leva na sua próxima viagem. Eu adorei ter ficado trinta dias no lugarejo de Mimoso. Pela primeira vez, eu me senti útil e importante.

— Não sei. Só se for estritamente necessário. Vemos isso depois.

A minha resposta pareceu não ter exatamente agradado Renato, mas eu não me importei. Eu não podia garantir nada sobre o futuro, apesar de ser vidente. Além disso, eu não podia prever o que aconteceria com o livro que iria publicar. Dele dependiam as minhas novas aventuras. Esqueci um pouco a questão do livro e concentrei-me na natureza ao redor: as nuvens cinza, o ar puro, a vegetação exuberante e o sol quentíssimo.

Os sete dias que passara no topo da montanha tinham me ensinado a respeitá-la integralmente. Quando não fazemos isso, ela responde à altura. Os exemplos não são poucos. Observe os desastres naturais, o aquecimento global e a escassez de recursos naturais. O fim está próximo se permanecermos na irracionalidade.

O tempo passou e galgamos completamente a montanha. Voltamos ao ponto onde fizemos a viagem no tempo e comecei a me concentrar. Criei um círculo de luz ao nosso redor e começamos a desacelerar nossa velocidade. Era preciso fazer o contrário do que foi feito anteriormente para avançar no tempo.

Um vento frio bateu, o coração acelerou, as forças gravitacionais perderam o poder e já podíamos fazer a viagem de volta. O círculo de luz se expandiu e os anos foram passando: 1910, 1920, 1930, 1940,

1950, 1960... 2010. Quando chegamos exatamente nesse ponto o círculo se desfez e caímos de encontro ao chão. Ao me levantar, vejo a Guardiã e isso me deixa mais feliz.

— Então vocês já chegaram. Conseguiu reunir as "forças opostas" e ajudar a moça, filho de Deus?

— Sim. A viagem foi um sucesso e consegui reordenar o sentido das coisas. A Gruta foi mesmo importante para eu ter sucesso.

— A Gruta era apenas uma etapa em seu caminho. Ela deve servir de apoio para o seu crescimento e aprendizado. O Vidente ainda tem muitos desafios a enfrentar. Seja sábio e prudente em suas decisões.

— Bem, estou devolvendo o Renato. A senhora tinha razão ao enviá-lo comigo. Ele foi importante. Além disso, queria lhe agradecer por toda a atenção e dedicação que teve comigo. Sem os seus ensinamentos, eu não teria vencido a Gruta nem me tornado o Vidente.

— Não me agradeça ainda. Você deve retornar a esse local sagrado sempre que precisar. Então eu aparecerei e mostrarei o caminho. Antes de qualquer coisa, lembre-se: o amor e a fé são duas forças poderosas que, corretamente utilizadas, produzem milagres. Quando estiver em dúvida ou na noite escura da alma, apegue-se ao seu Deus e a essas duas forças. Eles libertarão você.

Dito isso, a Guardiã desapareceu junto com Renato. Fiquei parado alguns instantes pensando no que a Guardiã dissera. Noite escura da alma? Acho que devia aprender sobre isso. Peguei as minhas malas e comecei a descer a montanha. Eu pegaria o primeiro carro para voltar para casa.

EM CASA

Acabo de chegar de viagem, meus familiares me recebem com festa. Minha mãe parece-me preocupada, pois não para de fazer perguntas. Respondo algumas, e ela fica mais calma. Vou ao meu quarto guardar as minhas malas. Novamente olho para as obras que tenho lido nos últimos anos e sinto-me mais feliz pois em breve a minha estará entre elas.

    Eu agora sou parte da literatura e sinto muito orgulho disso. Desvio minha atenção e observo que minha cama está repleta de livros de Matemática. Eu me sinto um pouco culpado por tê-los abandonado por um pouco mais de um mês. Começo a folheá-los e a fazer cálculos. Finalmente de volta à Matemática, a outra paixão da minha vida.

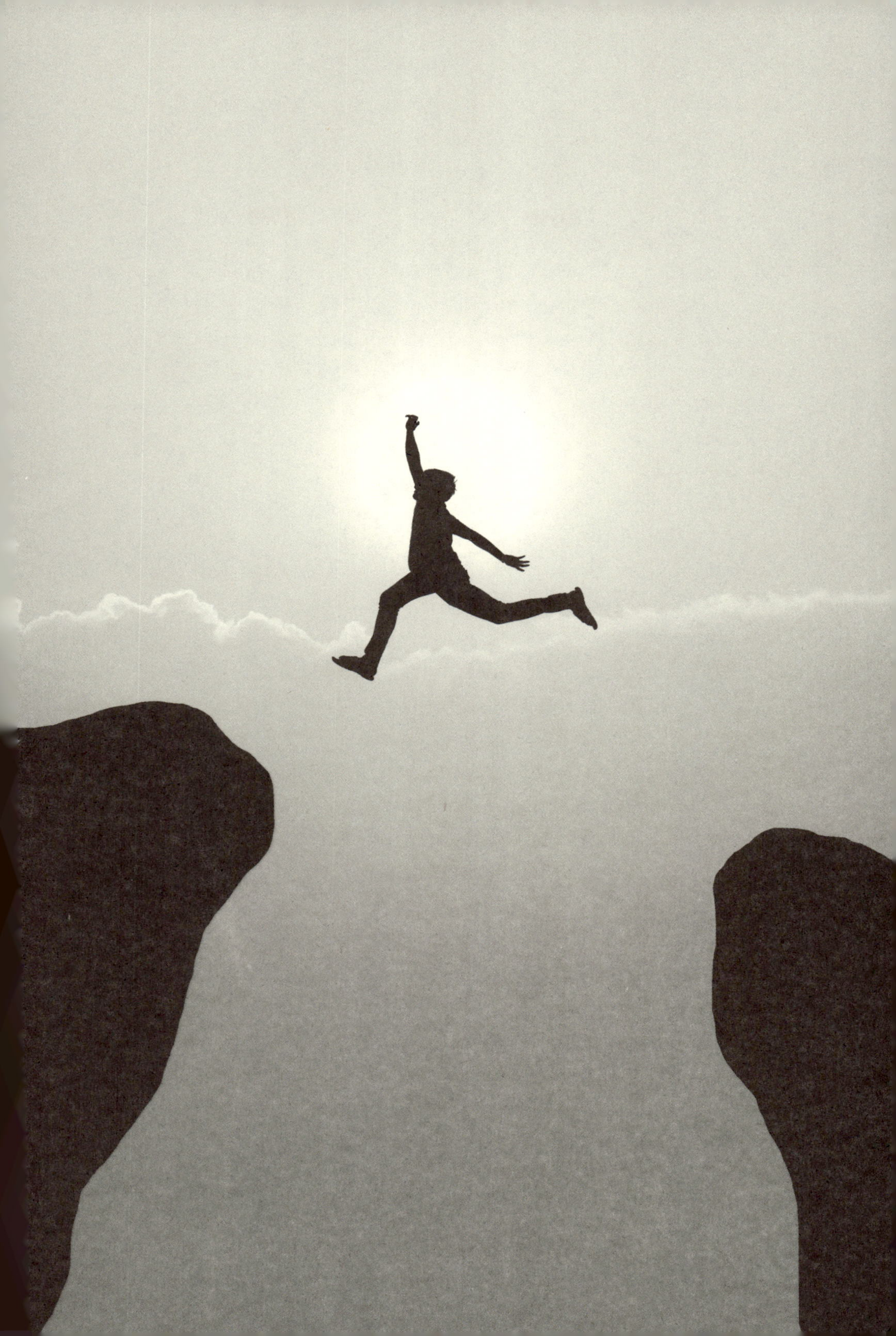

EPÍLOGO

Após abandonar Mimoso, muitos fatos aconteceram. Christine e Cláudio casaram-se e tornaram-se pais de sete lindos filhos. A pequena capela de São Sebastião foi reconstruída, o governador cumpriu a promessa feita ao major e o apoiou para prefeito de Pesqueira. Ele se elegeu e continuou com sua história de dominação e autoritarismo. Num passado recente, a rodovia BR-232 foi construída e fez com que os serviços e negócios fossem transferidos para Arcoverde (na época do livro – povoado Rio Branco). Depois veio a desativação gradual da ferrovia, e Mimoso transformou-se num povoado fantasma.

Atualmente, Mimoso tem três mil habitantes, e a economia do distrito está ligada às cidades vizinhas, Pesqueira e Arcoverde. Basicamente, ela gira em torno da produção agropecuária e dos salários recebidos pelos aposentados. Um dos destaques de Mimoso é a fundação Possidônio Tenório de Brito que, através do juiz aposentado Aluiz Tenório de Brito, oferece oportunidades de ensino e cultura. Ele instalou uma valiosa biblioteca, montou um curso de informática e também uma videoteca. Eu sou um dos jovens beneficiados por essa iniciativa e hoje sou escritor, autor de "Forças opostas".

Fim

**INFORMAÇÕES SOBRE NOSSAS PUBLICAÇÕES
E ÚLTIMOS LANÇAMENTOS**

editorapandorga.com.br
/editorapandorga
pandorgaeditora
editorapandorga

PandorgA